Creación de Mutantes

Creación de Mutantes

ALDIVAN TORRES

Canary Of Joy

CONTENTS

"Creación de mutantes»
Aldivan Torres
Creación de mutantes
Por: Aldivan Torres
© 2020-Aldivan Torres
Reservados todos los derechos

Aldivan Torres es psicólogo, médico y guionista. Aficionado a la literatura y la ciencia ficción, pretende revolucionar la literatura. La fama literaria no lo es todo, lo que importa es el mensaje.

"Creación de mutantes»

2.26-Resultados

Un líder ayudado por sus discípulos puso en práctica su plan. Difundieron el anuncio que tenía como objetivo encontrar a alguien especial en puntos estratégicos de la región pesquera. Esperaron un rato los resultados.

Un día, el anuncio llamó la atención de un joven negro llamado Romão Cardoso que paseaba por la Plaza Dom José Lopes ubicada en el centro de la ciudad de Pesqueira. El mismo tuvo suficiente tiempo e interés en leer el contenido en su totalidad, y se decidió acudir a la dirección indicada. Después de todo, amaba las aventuras, conocer gente nueva y pensaba que era especial y único en el universo.

Antes de ir, sin embargo, decidió dar un paseo rápido por su casa (que se encuentra cerca) para poner todo en orden y prepararse para este encuentro que le prometía grandes emociones o incluso un cambio en su vida. Así que lo hizo.

Moviéndose desde el centro durante veinte minutos hacia el norte, a pasos rápidos, llega a su humilde hogar. Llame a la puerta y espere un rato hasta que su madre responda. Los dos se saludan y entran al recinto. Inmediatamente, Romão te advierte que se irá y tardará un rato. Lo hizo porque no quería preocuparla. Además de ser un anciano, tenía un problema de nervios.

Clarice Cardoso (la madre) entiende y dice que lo espera al menos para cenar. El hijo se compromete y comienza a prepararse para la salida. Pasa unos cuarenta minutos entre el baño, la merienda, la mochila y la despedida. Al final, rápidamente sale por la puerta principal.

Afuera, se dirige la residencia del vecino. Son solo unos pocos pasos hasta que finalmente te pongas frente a ella. Después de un largo suspiro, intente tocar la puerta. Escuchas ruido de pasos. Sé encarga de lo siguiente. Pide prestado un caballo. Como tenía amistad, sueltan un animal por ello. Todo lo que tienes que hacer es sacarlo por detrás de la casa. Cuando lo encuentres, montas y comienzas el camino. Serían unas veinte millas rodeadas de expectativas. En ese momento, la curiosidad por Ángel y sus discípulos era grande. ¿Eso iba a pasar? Sigan al día, lectores.

Siguiendo las indicaciones del anuncio y, en su experiencia, abandona el eje urbano. Tome la carretera principal y suba la sierra de Ororubá. Lo que lo conmovió fue su lugar de aprendizaje, sus valores internos y su espíritu guerrero. Incluso frente a los obstáculos, permaneció en la lucha. Esta determinación lo hizo exitoso en todos sus proyectos. Un ejemplo de esto es el ascenso completo de la montaña referida. En la cima, decide cambiar de estrategia. En el punto correcto, se sienta y ata al caballo. Luego usa su poder como mutante para alcanzar rápidamente la meta. A medida que se desarrolló, vuela fácilmente sobre una cúpula de energía que lo hizo invisible.

Aprovecha el recorrido para disfrutar del hermoso paisaje y el aire puro a pesar de la velocidad. Está tan encantado que decide aterrizar en un árbol. Descansa un poco y come algo de fruta porque estaba afrutado. En este intervalo, piensa en todas sus aventuras en sus veinte años de vida bien vividos. Había tenido decepciones, momentos de alegría, conquistas, fracasos, y hoy su vida estaba estancada. ¿No sería hora de cambiar? ¿Quién sabe que esta reunión no sería decisiva para sus afirmaciones? Relata especialmente el regalo que luchó por ocultar, pero que recientemente había sido descubierto por su madre.

Fue principalmente por él que había decidido encontrarse con extraños desde una distancia considerable. Durante su existencia, había sufrido mucho por la incomprensión de los demás y quería ponerle freno o al menos entender por qué todo. Sería al menos un intento y no tenía nada que perder.

Luego de comer y ya recuperado, vuelve a volar con el ítem anterior en mente. Supera caminos desconocidos con buena velocidad llegando poco después del kilómetro diez. Todavía quedaba la mitad del camino por recorrer.

Al iniciar la segunda parte del viaje, se siente confundido por innumerables sentimientos que insisten en atormentarlo. Entre estos, los más fuertes y evidentes son: Inseguridad y miedo que contrastan con su curiosidad y miedo. ¡Fue decidido! Incluso arriesgándose a romperse la cara, seguiría adelante. Si fuera un error, estaría dispuesto a soportar las consecuencias.

Con esta resolución, olvídese por un momento de las preocupaciones. Luego reúne sus energías restantes, aumenta la velocidad y luego llega a las tres cuartas partes del curso. Cada momento se acercaba a una nueva experiencia que prometía ser interesante.

Cuando llega al kilómetro 17, decide aterrizar y continuar el viaje a pie. Después de todo, todo cuidado fue poco porque ya se acercaban las primeras viviendas. Frente a las adversidades comunes a esa región, avanza cada vez más y en unos cuarenta y cinco minutos completa los tres kilómetros. Actualmente se encuentra muy cerca de la dirección indicada.

Detectando el gol, por un rato. Piense en los próximos eventos planificando todo mentalmente. Con todo definido, reanuda el paseo. En unos momentos más, ya está junto a la puerta. Respire un poco, golpee con firmeza, grite y espere.

En unos segundos, es atendido por la madre de Ángel (señora Maria da Conceição) que inicia una conversación.

¿Buenos días? ¿Cuál es tu nombre? ¿De dónde vienes y qué quieres?

"Mi nombre es Romão y soy de Pesqueira. Quiero hablar con Ángel que reside aquí.

"Sí, es mi hijo. ¿Qué pasa, puedo preguntar? (Maria da Conceição)

"Lo siento, no puedo revelarlo. Solo consigo mismo. (Romão)

"Todo está bien. Mi hijo está en su habitación. Puedes entrar. (Maria da Conceição)

"Gracias. (Romão)

Inmediatamente, los dos ingresan a la residencia de mampostería, la única en la región. María lo lleva a la habitación y los deja solos. En la sala, los dos se saludan y actúan. A partir de entonces, el destino hablaría más fuerte. Ángel toma la iniciativa.

"¿Cuál es el motivo de tu venida, Romão?

"Se trata del anuncio. Leí su contenido y me interesé. ¿Qué es exactamente lo que está buscando?

"Aquí está la cosa: fundé un grupo de mutantes junto con mis compañeros Ángel y Rafael con el objetivo principal de ayudarnos mutuamente con la evolución y comprensión de nuestros dones. Además, tengo otros propósitos altruistas en mente. Sin embargo, necesitamos más apoyo, por lo que estamos buscando personas especiales que se sumen y contribuyan a nuestro mundo. ¿Crees que encaja con la descripción? (Ángel)

"Bueno, me considero especial. Soy una buena persona y también tengo un don. Solo necesito una oportunidad para mostrar mis habilidades y servicio. (Romão dijo)

"¿Cuántos años tienes y qué tipo de regalo tienes? (Ángel)

"Tengo veinte. Tengo poder sobre los materiales, atrayéndolos y manipulándolos. Después de mucho entrenamiento, pude reunir mis energías y usarlas según corresponda. (Romão)

"Es interesante. Felicidades. ¿Cómo gestionas este inmenso poder? ¿Alguna vez has lastimado a alguien? (Ángel)

"Vaya, trato de ser lo más discreto posible. Mi mamá es la única que me encontró. Nunca lo he usado para lastimar a nadie. (Romão)

"Está bien. Apreciado. ¿Te gustaría ser comandado o aspiras al poder? (Ángel)

"Vaya, creo que en un equipo todos deberían ayudarse y respetarse mutuamente. Nadie es mejor que nadie, no importa qué tipo de regalo. (Romão)

"Está bien. Estoy satisfecho. Sin embargo, dejaré la decisión de su entrada o no en el grupo para la próxima reunión. Si quieres asistir para mostrar tus credenciales, eres bienvenido. Nos reuniremos en el bar de pesca cerca de la escuela secundaria en el barrio de Prado. Será en tres días a partir de las 12:00. ¿Está todo bien? (Ángel)

"Esto es correcto. Entiendo. (Romão)

"¿Quieres algo? ¿Agua, café, té? (Ángel)

"Un agua, por favor. Terminé con el viaje. (Romão)

Como buen anfitrión, Ángel se levanta y se dirige a la cocina. Con un pensamiento distraído, llega al recinto en unos pocos pasos. Se acerca a la jarra y agarra un bastón lleno de agua. Inmediatamente, hace su camino de regreso y con unos pasos más ya está de regreso en la habitación entregando el preciado líquido al visitante. Lo dice todo. Al final, dalas gracias, se despide y se dirige hacia la salida. En los próximos días, sabrías lo que te depara el destino.

Si bien este no llegó, pasa por la puerta y comienza a hacer el viaje de regreso. Seguiría los mismos pasos y precauciones de ir solo con una mentalidad diferente: se sentía más esperanzado sobre el futuro en ese momento. Fue tu intuición, ¿verdad? Asegúrese de hacer un seguimiento, lector.

Tan pronto como se aleja de la vivienda, vuelve a utilizar la cúpula de energía que vuela rápidamente. Ahora todo lo que quedaba por esperar por la bendita reunión. Analizando los resultados del primer encuentro, había mostrado cierta personalidad de ambos. Eso fue suficiente para crear una empatía inicial entre ellos. Simplemente no sabía si eso era suficiente para permitirte ingresar al grupo. Bueno, tenía que pensar en positivo.

El viaje va hasta donde está el caballo. El mutante lo rescata continuando con el viaje. Se enfrentaría a los mismos obstáculos de ir con mayor preparación de su parte. Esperaba, por fin, concluir en paz. Con mayor esfuerzo, sus deseos se cumplen. La ruta de regreso se completa sin mayores problemas. Devuelve el caballo al vecino. Llega a casa aproximadamente a las 12:00 AM. Aún tienes tiempo para almorzar con tú querida madre. A pesar de su exagerada autoprotección, no sabría cómo vivir sin ella.

Después del almuerzo, hará sus quehaceres en el centro donde trabajaba como mesero. Aunque duro, fue lo que le garantizó su sustento. Normalmente, volvía por la noche para ducharme y cenar. Probablemente dormiría temprano debido a los agotadores compromisos del día.

Sobre la invitación de Ángel, pensaría en este caso en otro momento. Lo importante es que había dado el primer paso.

2.27-Reunión

Los tres días que separan el encuentro de Romão y Ángel y la fecha fijada para el encuentro pasan rápido. En el día acordado, Ángel y sus discípulos realizan su rutina habitual: preparativos de salida, llegada a la escuela, clases-descanso-clases, llenándose toda la mañana.

Al final del trabajo, el grupo está a la salida. El líder llama a todos. En pocas palabras, obtienen los detalles de la reunión correctamente. Como estaba previsto, se dirigieron de inmediato al bar indicado para resolver más asuntos pendientes, incluido el del pretendiente él nuevo de Romão Cardoso.

En el camino predomina el silencio en casi todo momento. La excepción cuando surge una risa, el ruido de los animales y el carruaje, y las advertencias. ¿Sería un buen presagio? Pronto, lo descubrirían.

Después de diez minutos de caminata vigorosa, llegan finamente al recinto. Sin mucha ceremonia, entran en ella. Para sorpresa de Ángel, Romão ya estaba presente y el primero junto con el otro lo acompañarán en la mesa respectiva. Entonces se inicia la conversación.

"Mis discípulos, este es Romão Cardoso. Como te dije, eres la persona que quiere unirse a nuestro grupo. (Ángel)

"Un placer, Romão, mi nombre es Rafael. Siéntete como en casa.

"Soy el hermano de Rafael. Mi nombre es Víctor.

"Soy Marcela, y soy compañera de clase de la otra.

"Soy Penélope. Además, nuevo.

"Encantado de conocerlos a todos. ¿Qué quieres saber específicamente de mí? (Romão)

"Yo, en particular, no mucho. Solo debes saber si tienes el mismo espíritu de lucha y objetivos comunes con nosotros. ¿Qué estás haciendo? (Víctor)

"Bueno, Ángel ya me ha explicado un poco sobre el equipo. Quiero sumar y contribuir en todos los sentidos. Además, aprender también. (Romão)

"¿Cómo está tu temperamento? (Rafael)

"Normal. Sin embargo, un poco explosivo. Estoy haciendo todo lo posible para mejorar en esta dirección. (Romão)

"¿Casado? ¿Soltero? (Marcela)

"Soltero, vivo con mi madre. Cuido de mi hogar, de mi mundo y todavía ayudo al mundo. (Romão)

"Está bien. ¿Cuál es tú poder? (Penélope)

"Está relacionado con los materiales. Los manejo con facilidad, especialmente los metales. (Romão)

"Eso es brillante. Soy un psíquico, con intuición y mentalidad desarrollada. ¿Cuáles son tus debilidades o límites? (Víctor)

"Relaciona los límites, solo los de la imaginación. Sin embargo, tengo que manejarlo mejor. Sobre las debilidades, mejor no saberlo. (Risas, Romão)

"¿Haz tu trabajo? ¿Estudios? (Rafael)

"Solo trabajo. Soy un mesero. (Romão)

"¿Alguien sabe de ti? (Penélope)

"Solo mi madre. Inicialmente, se sorprendió, pero con el paso del tiempo, lo entendió. Mamá es mamá. (Romão)

"Te entiendo. Yo también he estado ahí. Hoy soy aceptado. Cuéntanos: ¿tienes muchos amigos? (Marcela)

"No. Solo compañeros. Estoy reservado. (Revela Romão)

"Bueno, chicos, creo que es suficiente. Él está bien conmigo. ¿Qué dices? (Ángel)

Muy aprobado. (Víctor)

"Ídem. (Rafael)

"Bien también. (Penélope)

Bienvenido. (Marcela)

"Gracias a todos. No sé cómo darte las gracias. (Romão)

Lágrimas insistentes comenzaron a fluir por el rostro suficiente de ese joven. Finalmente acepté después de tantas negativas que había sufrido en la vida. La emoción se hace cargo. Los demás se acercan, le dan un abrazo que se convierte en un niño de seis años. Se quedan unos momentos en esta muestra de cariño.

Al final, regresan a sus asientos. Le piden un refrigerio rápido al asistente que pasó. Con tu distanciamiento, todavía están esperando un rato. Cuando se sirven, se alimentan, se hidratan, pasan la fecha del próximo encuentro al principiante y finalmente se despiden. Luego regresarían a sus hogares y realizarían sus tareas pendientes. Ahora, él éxito y la realización estaban en sus manos y en su destino. ¿Qué pasaría? Sigan al día, lectores.

2.28-Octava etapa

Pasan unos días más y exactamente en la fecha marcada para la octava etapa del tratamiento espiritual de los discípulos del Maestro Ángel. Según lo acordado, todos tendrían que estar presentes al menos a las ocho de la mañana en el lugar habitual.

Para cumplir estrictamente con esto, los vecinos de Pesqueira se despiertan a las cinco de la mañana. Se bañan, desayunan y se preparan. Cuando están listos, se juntan y luego se dejan en el tierno de los animales. Entre ellos estaba Cardoso, el Newman, quien, por ser su primera vez, estaba inquieto, ansioso y nervioso. Probablemente su angustia solo pasaría cuando estuviera mejor integrado en el equipo.

El viaje de los tres mutantes se desarrolla dentro del rango normal en todos los tramos: Balancín-meseta. Llegan a su destino final con quince minutos de antelación. Casualmente, encuentran que llegan los otros miembros, Víctor y Rafael. Todos se saludan, llaman a la puerta, gritan y son atendidos momentos después. Esta vez, el destinatario de ellos es Geraldo, el padre de Ángel.

Con cordialidad, Geraldo los saluda, abre la puerta y los invita a pasar. Todos aceptan y son enviados a la habitación. En el sitio, el gurú está estudiando. A su invitación, los visitantes se acomodan en los asientos disponibles. El padre del anfitrión se retira (va a la cocina) para que se sientan más cómodos.

Ángel para leer. Él guarda el libro y luego está disponible para prestar atención a sus amados discípulos. Él mismo inicia la conversación:

"Está bien. Me gusta verlo así. Diez minutos antes. ¿Estás listo para una lección más?

"Sí. (todo)

"Debo advertirles que, a partir de ahora, los pasos se refieren al desarrollo especial de los dones. Vas a tener que trabajar más duro. (Ángel)

"Todo está bien. De todos modos, no esperamos nada gratis. (Víctor)

"Ya tenemos experiencia. (Complementado a Rafael)

Excepto yo, amigo. (Recordado Romão Cardoso)

"No te preocupes, Romão. Estás un paso por delante de los demás. (Ángel notado)

"¿Qué hay de mí, maestro? (Penélope)

"Eres poderoso. Sin embargo, debe involucrarse mucho en este y los otros dos pasos restantes. (Ángel)

"¿Cuál es el desafío de hoy? (Marcela)

"Les enseñaré un desmembramiento importante: carne y espíritu. (Ángel)

"¿Qué quieres decir? (Preguntó Rafael)

"Sígueme y te lo mostraré. (Ángel)

Ángel se levanta y se dirige a su habitación. Los demás, aunque sé sorprenden de obedecerle. Se acerca a la cama, se acuesta y hace una señal a los discípulos para que se alejen un poco. Cuando están a una distancia prudente, comienza el ritual: se cruza de brazos, hace la señal de la cruz, habla en un idioma extraño, se queda estático y se queda dormido. Poco después, su cuerpo comienza a irradiar una luz que arde de manera incandescente. De dentro de la luz surge la parte espiritual del maestro. Les da una sonrisa, saluda y bendice a todos. Este momento dura unos cinco segundos. Después de este período, la luz se apaga y él alma de Ángel regresa al cuerpo. Inmediatamente se despierta, se levanta de la cama y se encuentra con aprendices que le siguen haciendo preguntas.

"Es asombroso. ¿Cómo lo haces? (Víctor)

"¿Qué idioma era ese? (Rafael)

"¿Qué representa la luz? (Penélope)

"¿Para qué es esta técnica? (Marcela)

"Me gusta eso. ¿Podemos hacerlo nosotros también? (Romão)

"Muchas preguntas de mi querida. Voy a intentar sacarlos. Haz un cuadrado, por favor.

Los discípulos obedecen y Ángel se para en medio de ellos. Luego, en un lapso de quince minutos se enseña el paso a paso (incluyendo los objetivos y ventajas). Al final, todos tienen la oportunidad de practicar un poco. Lo intentan una, dos, tres veces hasta que lo consiguen.

Tras el éxito, Ángel da por finalizado el entrenamiento del día. Marca la nueva fecha de la próxima reunión e invita a todos a almorzar que sería especial. En esta ocasión, pasan cerca de una hora en un ambiente familiar junto con los demás miembros de la Familia Magellan.

Cuando terminan de alimentarse, los visitantes agradecen y se despiden porque tenían otros compromisos. El líder volvería a estudiar y analizarlos proyectos que tenía en mente para el grupo. Nos vemos en el próximo capítulo, lectores.

2.29-Dolor

El tiempo pasa un poco. Exactamente tres días después de la octava etapa del entrenamiento mutante, sucede algo aburrido e inevitable. Vayamos a los hechos. Una tarde normal, Jilmar estaba descansando en una silla (fuera de su cabaña) cuando de repente comenzó a sentirse asfixiado. Estaba realmente enferma. Aunque estaba débil, todavía tenía fuerzas para gritar. Por suerte, fue escuchado por sus hijos y su esposa que se encontraban dentro de la casa.

Fue rescatado rápidamente. Como parecía algo grave, lo colocaron sobre un lomo del caballo sostenido por dos personas. Luego se le dio salida al lugar de urgencia con el otro hijo (Rafael) acompañándolos en otro animal. A pesar de trotar a buena velocidad, todos temían que ocurriera lo peor incluso antes de que el moribundo tuviera atención especializada.

Llenos de expectativa, todos los involucrados en el proceso se aferraron a todas las fuerzas espirituales que conocían para terminarlo bien. La travesía a Pesqueira fue larga para quienes se encontraban en un delicado estado de salud. Con cada segundo que pasaba, la posibilidad de sobrevivir disminuía lo que resultaba angustioso para los involucrados. Es bueno que al menos Jilmar haya sobrevivido a la travesía completa de 20 kilómetros en aproximadamente una hora y media. Es decir, estaba consciente, pero muy debilitado por todo el esfuerzo y cansancio que se soltó en el recorrido más allá de su propia condición física.

Al llegar exactamente al hospital, el paciente es remitido urgentemente a atención. Siempre estuvo acompañado por su esposa. Los niños están en la sala de espera, por recomendación. Están animando.

Sin embargo, veinte minutos después, Filomena regresa de la sala de emergencias. Los encuentra llenos de lágrimas, los abraza y al final, tartamudeando, logra decir:

"Hijos míos, los médicos hicieron todo lo posible, pero su padre estaba muy enfermo. De todos modos, ¡se ha ido!

"No puedo creerlo. (Exclamó Víctor)

"¿Quieres decir que se fue al cielo? (Rafael)

"Por supuesto, Rafael. Estaba bien. Ahora, ahora mismo, necesitamos fuerzas y rezar por él. ¡Ven! Vamos a arreglar los atrasos. (Filomena)"

Los tres salieron del hospital. La primera acción que se tomó fue alquilar un automóvil para llevar el cuerpo de regreso al Sitio. Sería enterrado en sus tierras como era de su voluntad. Posteriormente, se dirigieron a la casa de familiares, conocidos y amigos para advertir de lo sucedido e invitar al velorio y entierro que se realizará el otro día. Todos lamentaron el hecho y prometieron solidaridad en un momento tan difícil.

Los tres luego regresan al hospital a bordo del carruaje. Filomena firma un papel y el cuerpo finalmente es liberado. Luego comienzan el regreso a su esquina, ubicada en el famoso Sitio de Fundão.

El viaje transcurre con normalidad. Cuando llegas a casa, preparan él cuerpo. Después de este paso, lo colocan sobre una tabla de madera. Se quedaría allí por el resto del día y solo sería enterrado la mañana del día siguiente, aproximadamente a las 10:00 a.m.

Desolados, los miembros de la familia Torres se sintieron totalmente confundidos y perdidos por la conmoción. ¿Podrían superarlo?

2.30-Vela y entierro

Un nuevo día amanece en el lugar fusionado con todas las características del campo: el canto de los pájaros, la brisa de la mañana contrastando con el amanecer y la tranquilidad de siempre. Sin embargo, este no fue un día de felicidad para las Torres. Acababan de despertar agotados por hechos anteriores y por ser el día de despedida definitivo (al menos físicamente) del patriarca de la familia: el gran e inolvidable Jilmar.

De inmediato, cada uno se fue a hacer una tarea con el objetivo de recibir bien a familiares, amigos, conocidos e incluso extraños que se mostraban complacientes con la situación. Los tres hacen todo lo posible y en aproximadamente una hora tienen todo listo. Poco después, se dirigen a la cocina. Cuando llegan al recinto, preparan algo para comer.

Cuando terminan, se sientan a la mesa y se ayudan mutuamente. Durante la alimentación, Filomena comienza una conversación con sus hijos.

"¿Cómo durmieron mis amores? ¿Te sientes bien?

"La noche fue larga. Por primera vez, me sentí un poco solo. Ya sabes, no es lo mismo porque te gusta esto antes y después. De la felicidad a la soledad y la desgracia. Sin embargo, espero superarlo algún día. (Víctor)

"No fue fácil para mí tampoco. Pero se esperaba. Necesitamos entender. (Rafael)

"Está bien, Rafael. Admiro tu fuerza. Víctor, hijo mío, ¿por qué estás solo? ¿No somos una familia? Tenemos que superar esto juntos. (Filomena)"

"Sí, lo somos. Sin embargo, extraño a un miembro. Nunca lo olvidaré. Él fue realmente especial para mí. (Víctor)

"Para nosotros también. No tienes idea de cuánto me duele separarme de alguien que había vivido conmigo durante más de quince años. (Filomena)

Lágrimas copiosas corren por el rostro de la suficiente Filomena. Había un ejemplo de una luchadora que a menudo se iba a comer para alimentar a sus hijos. Por ellos, podría hacer cualquier cosa.

Los niños comprenden la profundidad del asunto. Se acercan a ella, la abrazan y la besan. Este momento mágico es breve, pero lo suficientemente duro como para fortalecerlos y fortalecer aún más los lazos que se han unido. Las Torres seguirían avanzando y con la cabeza en alto.

Al final del abrazo, se recomponen y se reanuda el diálogo.

"Lo siento, mamá, fui egoísta. Prometo ser más fuerte. (Víctor)

"Está bien. No te vuelvas a crear. Es normal que lo seas. (Filomena)

"No nos desesperemos, hermano. ¿Recuerdas la técnica de comunicarnos con los espíritus? Podemos usarla para matar un poco a nuestro padre. (Rafael)

"Esa es una buena idea. No sé si tendría las agallas suficientes para hacer eso. Creo que es mejor dejarlo descansar en paz y solo entrometerse si realmente necesita ayuda. (Víctor)

"Tienes razón, hijo. ¿Qué tal si rezamos por él ahora? (Filomena)

"Apoyado. (Víctor)

"Sí. (Rafael)

Los tres formaron un círculo. Cogidos de la mano, rezaron por una buena acogida del alma de Jilmar en el cielo. Al final, se volvieron a abrazar. De ahora en adelante, serían solo los tres, ¡uno para todos y todos para uno! Similar a los mosqueteros de la historia.

Un momento después, escuchan golpes en la puerta. Están de camino a recoger. Al hacerlo, superan la presencia de sus queridos primos, Angélica y Bartolomé. Fueron los primeros en llegar al velorio. Se saludan, se abrazan, entran a la casa y comienzan a presentar sus respetos a los muertos.

A partir de ahí comienza a llegar más gente para brindar solidaridad. En algún tiempo, la casa ya está llena. En su interior, el movimiento es intenso. Son muchas las oraciones, las peticiones de pésame, las palabras de consuelo, en definitiva, el apoyo mutuo entre los participantes.

Cerca de la salida, finalmente llega el cura. Recomienda cuerpo y alma en una solemnidad apasionante. Todo el mundo aplaude.

Llegado el momento, se invita a tres hombres fuertes a recoger el cuerpo, envolverlo en una especie de toalla y dirigirse al lugar indicado para enterrarlo. Los demás los siguen, en gran procesión.

Como el lugar estaba cerca, en diez minutos llegan al destino. Ponen el cuerpo en el suelo y lo introducen en el hoyo cavado antes. Cuando llegan al fondo, comienzan a arrojar tierra. Esta tarea dura unos quince minutos. Al cubrir completamente el cuerpo, colocan una cruz de madera. Es el símbolo del cristianismo, creencia de la gran mayoría presente.

Nuevamente, se aplaude lo que fue un ejemplo de lucha en la comunidad. Después del funeral, todos se despiden de los familiares y regresan a sus hogares. Poco tiempo después, eso es lo que también hacen los Torres, con el corazón agarrado. ¿Qué pasaría? Sigan al día, lectores.

2.31-Reiniciar

Pasan unos días y los miembros de la familia Torres vuelven poco a poco a su rutina habitual. La madre se encarga de las tareas del hogar y las manualidades. Los niños se dedican a los estudios, al trabajo en el jardín, a las actividades sociales y al ocio. Sin embargo, aún estaba lejano el día en que se pudiera decir que se superó la muerte del patriarca de la familia. Tal vez nunca consiguieron esta hazaña porque Jilmar era un ser realmente fuera del programa.

De todos modos, lo importante era la conciencia que todos llevaban de que la vida continuaba. Eran actores de teatro en un gran escenario (El mundo) y que por fuerzas de las circunstancias algunos fueron reemplazados, perdieron sus roles mientras otros llegaban. No hubo tiempo para llorar tanto como lo hizo porque era algo normal y común, un pacto entre el planeta y el creador.

Además, llegaría un día en que todos tendrían el mismo destino, es decir, hacer el gran cruce entre los aviones interconectados yendo contra lo desconocido. Probablemente encontrarían a sus seres queridos y dejarían la misma felicidad si fueran dignos. Este evento se llama "Encuentro entre dos mundos" reservado para los elegidos.

La vida continuaría en un mundo lleno de injusticias, corrupción, prejuicios e intrigas. Esto era típico de principios del siglo XX, en el pobre Nordeste olvidado por los líderes y grandes del país en ese momento.

2.32-Manipulando energías

La rueda de la vida sigue girando para todos los personajes en cuestión. Hasta que exactamente el día está programado para la novena etapa de desarrollo espiritual, físico y humano del grupo mutante liderado por Mester Ángel, discípulo del legendario mago Ishikawa.

Como siempre, todos están preparando el momento para otro momento especial. Cuando están listos, parten hacia su destino. Los que vivían de la pesca salían con una hora y media de anticipación con relación a los hermanos Torres, que vivían muy cerca.

En el camino, se enfrentan a las mismas adversidades que habían aprendido a superar con cierta facilidad. Esto se debía a que el deseo de aprender y desarrollarse más allá de la curiosidad era mayor que cualquier otra cosa. Realmente todo valió la pena porque los resultados fueron visibles en todos los sentidos. Sin embargo, algunas dudas aún flotaban en el aire con respecto al destino cercano y aún no tuvieron el valor de exigir respuestas. Prefieren esperar a que se desarrollen los acontecimientos.

Con esta decisión avanzan en el camino. Vítor y Rafael llegan primero. Ambos llaman a la puerta. Cuando son atendidos por el anfitrión, entran a la casa. Se dirigen a la habitación donde se hospedan en los asientos disponibles. Mientras esperan a los demás, estudian y conversan libremente con el maestro. Ellos eran los más cercanos a eso.

Treinta minutos después, el resto de los miembros del equipo se acercan después de volver a visitar paisajes, conocer gente, animales, paradas y entregar oraciones inspiradoras. Como los demás, llaman con firmeza a la puerta. Están esperando un rato. Están atendidos. Además, entran a la casa y se unen a los demás en la habitación. Momentos después, Ángel toma la palabra:

"Mis queridos amigos, la lección de hoy se refiere a cómo exploran su don. Te voy a enseñar cómo usar tu poder oculto correctamente. Espero que puedas manipular la energía. Además, espero que me entiendan. ¿Puedo comenzar?

"Si todo)

"Está bien. Ven conmigo. (Ángel Solicitado)

Los mutantes se han dirigido hacia la puerta de salida. La alcanzan y se adentran en el bosque. Treinta minutos a pie, girar a la izquierda y caminar otros cinco minutos. Llegan frente a una cueva. En este punto, Ángel se detiene y con un gesto de manos les pide a los demás que hagan lo mismo. Los discípulos obedecen. Entonces el maestro reanuda la conversación.

"¿Ves esta cueva? Aquellos que entran en ella con la armonía adecuada son capaces de manipular sus propias energías espirituales. Eso es lo que te voy a mostrar. ¡Vamos!

Incluso sospechosos y asustados, todos obedecen. Van hacia la entrada, y en el momento en que entran sienten algo especial. Caminan unos diez metros en plena oscuridad con la ayuda del tacto hasta que una luz se enciende instantáneamente, iluminando a todos. Cuando se vuelven hacia la luz, se dan cuenta de que venía del maestro que tenía uno de sus brazos en alto. Al ver que el asombro se apodera de todos, explica:

"¿Viste eso? Debes usar tu propia oscuridad como fuente de luz, potenciando tus chacras individuales. Los pasos son los siguientes:" Mentaliza tu poder interior para que te mantengas muy concentrado.

Cuando se sienta listo, respire hondo y ore: Las fuerzas de la luz me dan la gloria que me guía. Luego levante uno de los brazos. Con la fe correcta, ocurre la magia ". Tras la explicación, el grupo avanza otros diez metros dentro de la cueva. Uno a uno intenta imitar al maestro. En el segundo intento, logran el éxito y las pequeñas luces se encienden en contraste entre sí. La alegría es general y perfeccionan la técnica hasta agotar sus energías.

Con otra etapa conquistada, El Chamán da por terminada la obra. El grupo sale de la cueva. En el exterior, coinciden con la fecha de la próxima reunión. Esta vez, cada uno se despide porque tenía muchas tareas que realizar durante el resto del día. Luego, el jefe regresa a casa. Allí, preparaba el almuerzo para los padres que llegaban en viaje, alimentaba y luego se ocupaba de los planes futuros del grupo. ¿Qué tenías en mente? Sigue, lector.

2.33-Conocernos mejor

Dos días después de la reunión del grupo, la mayoría de los participantes se reencuentran en la escuela el lunes por la mañana. Se saludan, esperan a que suene el timbre y van a clase. Con comportamiento ejemplar, participan en todas las actividades en cinco agotadoras clases fuera del intervalo. Con esto, su bagaje cultural, espiritual y humano está aumentando.

Al final de la lección, se reencuentran al salir. El líder hace una reunión rápida repasando algunas pautas importantes que los discípulos se comprometen a seguir. Cuando termina, los dispensa con solo Marcela, Penélope y Víctor hablando.

"Penélope y Marcela. ¿Cómo pasaron el domingo? (Víctor)

"En casa. Ayudando a mi mamá con las tareas del hogar. ¿Y tú? (Penélope)

"Yo también. Además, fui a misa. ¿Y el tuyo, amiguito? (Marcela)

"Bueno, respondiendo a las dos, trabajé, he estado entrenando un poco mis habilidades, y me he ido a casa de conocidos. Pero fue bastante rápido. ¿Quieres salir conmigo, Penélope? A una reunión de excompañeros que ahora viven aquí en la ciudad, será en el club de barrio a dos cuadras de aquí.

"Está bien. Pero solo si Marcela puede ir. Tengo que estar con alguien para que no hablen mal de mí. Además, ella es mi mejor amiga, ¿no es así, Marcela? (Penélope)".

"Sí. Y tú, no es tu Víctor, qué rudeza. (Quejó Marcela)

"Lo siento, ni siquiera me di cuenta. Las dos están invitadas (Penélope). ¿Vamos?

"Sí. (ambos).

Los tres caminaron con pasos regulares hacia su destino final. En este momento, una serie de información e hipótesis pasaron por sus mentes creando un estado de ánimo ideal para el comienzo del romance. ¿Qué pasaría?

Para averiguarlo, sigo la visión que dibuja en la pantalla de mi mente. Puedo ver claramente el momento en que llegan al club unos doce minutos después del debut escolar. Con la invitación en la mano, entran al edificio y se unen a un grupo de personas. El vencedor del amigo había estado hablando. Inmediatamente, se realizan presentaciones.

"Bueno, Marcela y Penélope, estas son mis compañeras de primaria. Alex e Isabela, no había encontrado en mucho tiempo.

"Es un gusto conocerte. (Marcela y Penélope)

"El placer es todo mío. (Alex)

"Un placer también. ¿Ustedes qué son de Víctor? (Isabela)

"Soy amiga y Penélope es coqueta. (Marcela)

"Esto, lo siento. Nos vamos conociendo. (Penélope)

"Felicitaciones a los dos. Víctor es realmente especial. (Notó Isabela).

"Gracias, gracias. Eres la persona dulce. (Se lo devolvió Víctor).

¿Qué tenemos para hoy? (Marcela)

"Comida, bebida y baile para quien quiera. Solo estamos esperando que llegue el resto de nuestra clase. (Alex)

"Muy bien. ¿Te gusta, Penélope? (Víctor)

"Más o menos. Estar contigo es lo que importa. (Penélope)

"Es hermoso. Me gusta verlo así. (Marcela)

Víctor se acerca un poco más. En reconocimiento al cariño, dale un beso en la cara a su pretendiente. Todo el mundo aplaude. Momentos después, Alex se va un poco y con la ayuda de otro colega trae mesas y sillas para que los regalos se acomoden mejor. Siguen hablando de varios temas.

Exactamente veinte minutos después, llega el grupo musical y el resto del equipo también. Al ingresar, el destino se reserva una sorpresa especial. Entre ellos se encontraba nada menos que Romão Cardoso, el grupo de mutantes principiante y también más desarrollado liderado por Ángel (El motivo de su asistencia fue porque conocía a Alex). Al darse cuenta de la presencia de sus compañeros, se acerca, saluda a todos y es invitado a unirse a ellos. Invitación aceptada, se instala y luego se inician las festividades.

Se sirve el cóctel y comienza a sonar una agradable canción. Vítor se aprovecha de la situación y le pregunta a Penélope en contraataque. Aunque es tímida, acepta con el propósito de no disgustarlo. Los dos se dirigieron al medio del pasillo junto con otras parejas. Felices, poco a poco se dejan llevar por el embalsamamiento de la música.

Marcela, sola, tiene una idea. Se acerca a Romão y, aunque es inusual en ese momento lo invita a bailar también. Él lo toma. Los dos van al salón y se unen a los demás. Marcela, con su simpatía, arranca conversación con su pareja y trata de complacerlo en todos los sentidos porque lo desea en secreto. Entonces, se estaban metiendo en canciones y canciones.

Se le ha dado un respiro. Cansados, las parejas de amigos vuelven a la mesa. Comen un poco más. Los hombres beben, y cuando se sienten lo suficientemente valientes, besan suavemente a sus novias. Todos aplauden y se llenan de alegría porque lo que pretendían era funcionar. Especialmente para Marcela que no lo había planeado.

Se quedan un poco más. Comen, beben y bailan un poco más. Cuando es un poco tarde, las mujeres piden volver a casa. Después de todo, los padres podrían estar preocupados porque no les habían advertido. Los hombres aceptan.

Mientras Cardoso se lleva a Marcela, Víctor se lleva a Penélope. Después del parto, también regresan a sus lugares satisfechos al comenzar una nueva etapa en sus vidas que esperaban fuera de gran prosperidad y felicidad mutua.

2.34-Contacto post mortem

Al día siguiente del rico encuentro entre la pareja de amantes mutantes, los hermanos Torres llevaron a cabo sus asuntos de rutina. Al final del día, en un momento de descanso, el destino preparó una grata sorpresa para ambos. Estaban frente a su cabaña disfrutando del magnífico paisaje del atardecer cuando de repente una suave brisa los acompañó.

Al darse cuenta de la mística espiritual, ambos se concentraron. Utilizaron sus técnicas para establecer algún tipo de contacto con la fuerza atraída. En poco menos de cinco minutos, lo logran y el espíritu se materializa. Era la esencia de Jilmar, el padre material de los personajes en cuestión.

La emoción se apodera del momento. Tartamudeando, Víctor inicia la conversación.

"¿Cómo estás, mi padre?

"En la medida de lo posible también. ¿Y ustedes, chicos? (Jilmar)

"Caminando. Tu anhelo es fuerte, duele y es difícil de soportar. (Víctor)

"Yo también estoy bien. Siempre recordando los buenos momentos que hemos vivido juntos. (Rafael)

"Eso es genial. Lo que tengo que decir es que quiero que crezcan, niños. De mí, guarde las enseñanzas y los valores que he transmitido. Quiero que evolucione ayudando a todos en el plan en el que está. Eso es lo importante. El resto son pasajeros. Ahora que siempre pediré con las fuerzas de la luz tu felicidad. Eso es lo que está en mi poder. Jilmar

"Gracias, papá. Lo hago. ¿Alguna recomendación?" (Víctor)

"Cuida de mi anciana. Nuestro amor es eterno y lo estaré esperando del otro lado. (Jilmar)

"¡Papá, quería decirte que te amo! (Rafael)

"Ídem. (Víctor)

"Yo también niños. Cuídate. Suerte y acierto. Quiero que recuerden mis palabras porque será la única vez que nos comunicaremos, y me voy. (Jilmar)

"No vayas papá. Quedarse un poco más. (Rafael)

"Cuéntenos sobre su vida actual. (Víctor)

"No puedo. Realmente tengo que irme. Adiós. (Jilmar)

Dictadas estas palabras, el alma de Jilmar desapareció rápidamente ante ellos. Con las manos extendidas, los bendijo. A partir de ahí, tendrían que conformarse definitivamente porque era inalcanzable.

Las lágrimas brotan de los rostros del joven Torres por unos instantes. Como medida de precaución, prometieron contarle a cualquiera la experiencia. Después de todo, ¿quién lo creería? Lo que quedaba ahora era agradecer a las fuerzas benignas por la rara oportunidad brindada.

Eso es lo que hacen. Luego vuelven a casa. Por la noche, cenan y hablan con su madre y regresan al exterior. Pasan mucho tiempo mirando las estrellas. Cuando tienen sueño, combinan los detalles de la planificación del día siguiente. Con todo arreglado, se van a dormir esperando que los próximos días sean tan importantes como este.

2.35-Cultivar el fuego de la amistad

El resto del mes en cuestión (diciembre de 1913) transcurrió sin más noticias. Los personajes principales estaban comprometidos con sus causas sociales, profesionales y amorosas.

Al llegar a la fecha de la décima y última etapa del tratamiento espiritual, los participantes se preparan adecuadamente. Se despiden de los familiares que inician el viaje hacia la residencia de la familia Magellan. Buscaban el consejo y la sabiduría del Maestro Ángel. ¿Qué te esperaba esta vez? Sigan al día, lectores.

Los que vivían en Pesqueira se marcharon en las primeras horas de la mañana. Cumplieron las siguientes etapas: pasaron por el centro, tomaron la carretera principal, subieron la sierra de Ororubá, y siempre se movieron por ese accidentado altiplano. Aproximadamente dos horas después, llegaron.

Llamaron y gritaron a la puerta con insistencia. Unos momentos después, fueron recibidos por el anfitrión que los condujo a la habitación. Al llegar allí, notan la presencia de los hermanos Torres que ya se encontraban a unos quince minutos en el entorno. Con todos reunidos, Ángel toma la palabra:

"Bueno, discípulos, la lección de hoy deben traer por el resto de sus vidas. Es un sentimiento contundente e invencible, nuestra amistad. (Ángel)

"Oh ya entiendo. ¿Qué vamos a aprender específicamente? (Víctor)

"¿Tenemos que estar en la misma página? (Rafael)

"¿Puedes contarnos en detalle? (Romão estaba interesado)

"Si depende de los dos, todo saldrá bien. ¿No es así, Penélope? (Marcela)

"Sí. (Penélope)

"Fácil. Vayamos por partes. Haz un círculo, por favor. (Ángel)

Los discípulos obedecieron a pesar de que no tenían idea de lo que sucedería o lo que Ángel había planeado.

Ahora tómate las manos. (Ángel)

Nuevamente, la solicitud se cumple. Como resultado, las expectativas de todos aumentan.

"Piense en todos los momentos que pasamos juntos y al final, diga: "¡Chrysa! (Ángel)

Se siguen de nuevo las instrucciones. Cuando este último obedece, el suelo tiembla, se oscurece un poco y las energías salen de las manos de los miembros reunidos en el centro poco a poco. Al final, hay un foco de luz que ilumina a todos. En un impulso, este fuego se eleva más allá del techo. Desaparece en la inmensidad del universo. Ángel se ríe, llora y explica:

"Está bien, está hecho. Esta es una señal para recordarnos que somos un equipo, un todo. Mientras existamos, nuestra luz permanecerá y siempre seremos ganadores, aunque perdamos algunas batallas en el camino. Pero al final, seguro que la Victoria será nuestra.

Dicho esto, la emoción se hizo cargo. Uno a uno se fueron acercando y, al final, terminaron abrazándose. Hubo ejemplos de lucha, dedicación y perseverancia incluso en condiciones tan difíciles en un momento tan turbulento.

Cuando pasa el momento, el jefe toma la palabra.

"Bueno, necesito pensar un poco. Mañana quiero una reunión con todos. ¿Hay algo más que quieras?

"No. Es muy bueno. (Víctor)

"Bien por mí también. (Rafael)

"Ídem. (Marcela, Romão y Penélope)

"Nos vemos mañana. (Ángel)

"Lo siento. (Todo)

Uno a uno se fueron despidiendo y tomando su rumbo. La suerte se echó.

2.36-Propuesta

Llega un nuevo día. Los pájaros gritan, el sol comienza a salir y sus rayos ayudan a despertar a los miembros ilustres de los valores de la familia Torres. Esta familia llevaba en la sangre un linaje de videntes poderosos e importantes. Al despertar, cada uno realizará sus respectivas actividades. En concreto, los jóvenes se están preparando para otro viaje de ida a la ciudad. Completarían el ciclo de clases y conocerían el resultado de un año de dedicación y esfuerzo.

Cuando están listos, se despiden de su madre. Con unos pocos pasos, pasan por encima de la puerta. Por fuera, buscan al animal. Cuando lo encuentran, lo montan y comienzan por la carretera principal.

El inicio de la caminata revela algo del sentimiento que ahora domina a los jóvenes, pero experimentados, Vítor y Rafael. Fue una mezcla de inquietud, duda, miedo, angustia y sobre todo cautela. Después de todo, iban por un camino desconocido. Aunque Ángel era extremadamente confiable, tenían que ser cautelosos. Él mismo les había enseñado esto en sus largas, secretas y habituales conversaciones.

Aun así, se comprometieron a no darse por vencidos y siempre seguir adelante sin importar la situación. Un valor que pertenece a los aventureros más nobles. Pronto serían felicitados.

Siguen avanzando. Al pasar por relieves, vegetación y senderos conocidos van trotando ayudados por el caballo. Con eso, están recorriendo varios kilómetros. En unos treinta minutos, llegan a una cuarta parte de la ruta. Este hecho pasa desapercibido porque el enfoque era otro: seguir avanzando.

En la segunda parte del recorrido, encuentran un coche. Hecho raro en la región. Pasa junto a ellos dos. Mientras se apresuraban, no prestaron mucha atención. Sin embargo, concluyeron que debería ser algún turista o religioso interesado en las bellezas naturales de la región o en levantar ánimos. Tras la reunión, la monotonía y el silencio vuelven a predominar durante otros treinta minutos. En este punto, completan la marca de diez kilómetros.

El ritmo aumenta. Debido a la alta velocidad, levantan polvo. Pueden realizar la última parte del viaje en un tiempo récord. Incluye el paso del desvío de Cimbres a la comarca de la pradera. Allí estaba ubicada la escuela del gimnasio. Cuando llegan, se encuentran con sus compañeros. Cortésmente, los saludan. Momentos después, suena el timbre y todos se dirigen a la habitación y a los respectivos lugares.

Durante toda la mañana, el tiempo se divide entre clases: resultado de intervalo. Al final, están satisfechos. Los mutantes habían pasado. Se despiden de los profesores, del personal de la escuela y finalmente son liberados. A la salida, Ángel reúne al equipo y juntos se dirigen al bar habitual. Querían disfrutar de un momento de ocio y debates que prometía ser de interés para todos.

En el camino se alternan momentos de silencio y confianza de breves palabras. Se tarda unos quince minutos en caminar hasta el destino. Al llegar, saludan a los obsequios y se sientan en sillas alrededor de una mesa. Evalúa el menú y combina lo que pides entre comida y bebida.

Una vez realizada la solicitud, el chamán toma la palabra:

"Queridos amigos, tengo algo importante que decirles después de tanto tiempo de convivencia. Creo que ha llegado el momento de actuar y revelar mi propósito. ¿Estás interesado?

"Por supuesto. Somos todos oídos. (Víctor)

"Puede hablar, maestro. (Amablemente declaró Rafael)

"¿Algo importante? (Penélope)

"¡Aquí viene la bomba! (Profetizó Marcela)

"Estamos juntos. (Apoyó Romão)

"Está bien. Quería decir que cuando fundé el grupo mutante, no tenía idea de a qué proporciones llegaría. Al final de diez etapas, siento que estamos preparados para comenzar una gran misión. Soy fanático del trabajo de los Cangaceiros e inspirado por ellos, quiero regresar a nuestro grupo en defensa de la libertad, los oprimidos, la justicia, la dignidad que todo ser humano merece. Propongo que formemos el grupo de vigilantes del interior. Con la ayuda de nuestros poderes, podemos luchar contra las élites convirtiendo este mundo atrasado en un mundo mejor. ¿Qué piensas? (Ángel)

"Soportado. (Víctor)

"Espléndido. (Rafael)

"Está bien. (Romão)

"¿Nos arriesgaremos? (Penélope)

"¿Cuál es el primer paso? (Marcela)

"Respondiendo a ambos, siempre habrá riesgo y todavía no he definido el inicio de obra. Probablemente el año que viene. Pero si alguien no quiere participar, tiene toda la libertad para hacerlo. (Ángel)

"Nada de eso. Estamos juntos y estamos de acuerdo. ¿No es así, chicos? (Víctor)

"Sí. (Los demás en el coro)

"Gracias por tu confianza. Por ahora, eso es todo. Comamos y disfrutemos este último día. (El maestro)

La comida y la bebida están aquí. En un clima de armonía, todos quedaron satisfechos. Al final se despidieron, regresaron a sus hogares y desde ese momento disfrutarían de unas vacaciones luego de un año de intenso ritmo de trabajo y estudios.

2.37-Receso escolar

Los personajes en cuestión habían terminado su ciclo de clases en 1913. Fue más que merecido después de tanto compromiso durante el año.

Respecto a las novedades, algo destacable fue el crecimiento de la barriga de Lady Filomena. Pronto recibiría la gracia de un tercer hijo. Se esperaba que fuera tan brillante como los dos primeros. Además, se fortaleció la relación entre mutantes (Vítor y Penélope; Marcela y Romão).

Relata el grupo de justicieros, estuvieron fuera todo este tiempo perfeccionando sus técnicas. El próximo año comenzarían sus actividades. Querían poner en práctica los planes del audaz Ángel. ¿Funcionaría? Solo el futuro podría dar una respuesta concreta a este tema.

2.38-Regreso a clases y sorpresa

Fue a principios de febrero de 1914. Exactamente ese día comenzarían las clases de segundo año de bachillerato para veteranos y entrada de nuevas clases en el primer año. Todos estaban muy emocionados.

Los personajes en cuestión suelen prepararse con mucha ansiedad para este importante día. Como vivían lejos, Víctor, Rafael y Ángel se levantaron temprano. Sin mucha demora se fueron. Se enfrentarían a la dura rutina de viajar aproximadamente veinte kilómetros al día. Si bien eran conscientes de que el esfuerzo valdría la pena porque el conocimiento era fundamental en sus planes.

En aproximadamente dos horas completan el viaje total. Al llegar al destino, se encuentran con los demás miembros. Porque cortésmente, saludan a los demás con abrazos y besos. La novedad fue Romão, quien alentado por Marcela volvería a la escuela después de diez años. Iba a empezar el primer año de secundaria.

Después de los saludos, suena la campana. Los estudiantes buscarán en sus habitaciones. Cuando lo encuentran, se acomodan en sus asientos esperando que llegue el primer maestro. Que no tardará mucho.

A la entrada de la profesora, una gran sorpresa para Víctor. Incluso casi cuatro años después, puedes reconocer a tu amada Sara, una coqueta de la infancia. Inicialmente, se presentó a los estudiantes. Con clara didáctica, explicó sus métodos educativos de trabajo. Al reconocer a su exnovio, inmediatamente fue a saludarlo con abrazos y besos en la cara. Sin embargo, su trabajo continuó. Con eso, no tuvieron la oportunidad de hablar mejor. Esta actitud despertó los celos en Penélope, quien solo no se levantó porque fue educada.

Incluso conmocionados, Sara y Víctor cumplieron sus respectivos roles en las dos clases que siguieron. A pesar del aspecto formal del entorno, estaban visiblemente felices con este reencuentro aumentando aún más los celos del amado mutante ya mencionado. En el aspecto profesional, lograron buenos resultados generales. Sin duda demostró ser una gran maestra de su disciplina. Esta era la geografía, una de sus favoritas.

Al final, Sara se despidió de todos. Se fue a otra habitación con un corazón pequeño debido al inesperado reencuentro. Mientras tanto, Víctor no pudo prestar atención a más clases. Con la llegada del descanso se reanudaron las clases y nada cambió. Seguía pensativo y estático.

Un poco más tarde, se finalizó el trabajo escolar. Como resultado, los estudiantes fueron liberados. Al salir de la escuela, el jefe mutante mantuvo una reunión rápida entre los vigilantes mutantes. Se acordó una reunión en unos dos días, en el lugar habitual. Luego se despidieron, comenzando el viaje de regreso a casa.

Ángel, Víctor y Rafael montaban a caballo. Con unos cincuenta metros recorridos, una voz fina llamó la atención pronunciando con fuerza el nombre de Víctor. Al volverse, descubrió que era Sara quien corría tras ellos. Entonces el tren se detuvo.

Mientras se acercaba, tomó la palabra:

"¿Podemos hablar un minuto? (Refiriéndose a Víctor)

"Por supuesto. ¿Puedo tener una excedencia? Eres libre de irte. Prometo ir más tarde. (Víctor)

"En Facilidad, hermano. (Rafael)

"¿Quién es ella? (Ángel)

"Una persona de mi pasado. Te lo explicaré más tarde. Ahora me tengo que ir. (Víctor)

"Está bien. Buena suerte. (Ángel)

Víctor se ha reunido con Sara. Juntos, decidieron ir al centro. Empiezan a caminar juntos. En ese momento, sintieron una mezcla de nerviosismo, placer y expectativa. No hubo nada mejor que este reencuentro después de un tiempo de separación. Aunque estaban en lados opuestos de la vida, era importante tener esta reconciliación con ellos mismos.

Después de una caminata de quince minutos, llegan a la plaza central frente a la catedral. Buscan acomodarse en uno de los bancos disponibles. Como era la hora del almuerzo, no hubo movimiento. Por tanto, era un lugar perfecto para una buena conversación. Codo con codo, Víctor toma la iniciativa.

"¿Cómo has llegado hasta aquí? ¿Dónde has estado todo este tiempo?

"Bueno, después de que dejé el sitio, mi madre y yo nos mudamos a Olinda. Allí tuve la oportunidad de estudiar y tener contacto con personas del mundo. Cuando tenía trece años, fui maestra y comencé a actuar. Seis meses después, perdí a mi madre. Sufriendo este dolor, decidí regresar a mi tierra que tanto amo. ¿Y usted? ¿Cómo estás después de que me dejaste? (Sara)

"¿Quién te dijo eso? Te valoré demasiado para actuar de esta manera. Con tu partida sufrí mucho, pero lo superé. Trabajé, viví nuevas experiencias, recientemente volví a la escuela y conseguí novia. (Víctor)

"¿Qué pasa con la nota? Solías decir que ya no tenía interés en mí. Esa es la única forma en que acepté alejarme de ti. (Sara)

"¿Qué boleto? No sé nada de esta nota. (Víctor)

Sara entró en shock al darse cuenta de su verdad oculta hace mucho tiempo. ¿Quieres decir que todo fue solo una trampa? A pesar del mucho amor que tenía por su madre, ya fallecida, en este momento maldijo su memoria por ser tan cruel con ambos. Eran tan inocentes en ese entonces. Copias lágrimas corrieron por su hermoso rostro y suplicó ayuda.

"Por favor, abrázame.

Víctor se aseguró de que no hubiera nadie conocido y respondió a su solicitud. Por primera vez sintió el placer de volver a sentir a Sara en sus brazos. Sin embargo, nunca lo admitiría. Cuando se calmó, él se alejó un poco y reinició el diálogo.

"¿Es mejor?

"Si, gracias. ¿Quién es tu novia? (Sara)

"Su nombre es Penélope. Ella también es tu alumna. Es el que se encuentra al final del lado izquierdo. Eres una gran persona. (Víctor)

"Hago. Siempre has tenido buen gusto. ¿Cómo estamos? (Sara)

"Mismo tiempo. Amigos, si es posible. Tenemos que entender que lo que se hizo no se puede remediar. Espero que estés feliz.

"Gracias, lo intentaré.

"¿Dónde vives? (Víctor)

"Junto a la escuela, la quinta casa a mano derecha en la misma calle. Cuando usted y su familia quieran visitarnos, siéntase como en casa. (Sara)

"Está bien. Me tengo que ir ahora. Ha sido un placer. Hasta qué. (Víctor)

"Lo siento. (Sara)

Los dos se saludaron con besos en la mejilla y finalmente se despidieron. Sara se dirigió desde el centro al barrio del Prado mientras Vítor subía la montaña hacia la casa de Fundão. Aunque no tuve ningún contratiempo en el viaje, estaba más confundido que nunca. Sigue, lector.

2.39-Revelación inesperada

Pasa otro día. Ahora la visión se centra en la figura del misterioso ángel joven al despertar. Aún cansado, solo en el tercer intento es lo que incluso logra levantar. Mientras se pone de pie, camina por la habitación sin rumbo fijo. Cuando lo decidas, lo dejas dócilmente en dirección a la salida. Al atravesar la puerta, mira pensativo por todas partes para querer contemplar intensamente el universo entero. Con cinco minutos en este ejercicio, se detiene y regresa a casa como si hubiera tomado una decisión final. ¿Qué sería eso? Sigamos siguiendo los hechos.

Dentro de la casa, se dirige a su habitación. En este entorno, toma un paño y se dirige al baño para tomar su ducha matutina. En el camino, pasa por la sala de estar (Junto a la habitación de los padres), la cocina y finalmente llega al destino. Cuando entras y cierras la puerta, continúas con el mismo pensamiento que antes. Se presentó con más fuerza con cada momento que pasaba.

Empieza a desvestirse sin ceremonias. Cuando está completamente desnudo, se acerca a la lata reservada y gracias a un cuenco arroja un poco de agua fría sobre el cuerpo. El contacto hace temblar el cuerpo y el alma también. Sin quererlo, el miedo había estado presente desde que tomó la decisión anterior. Pero estaba dispuesto a arriesgarme y sabía que era un camino sin retorno.

Use el bote de agua nuevamente. Empieza a frotarse, usa jabón y trata de poner en orden sus ideas. A pesar de ser un maestro en magia blanca en este momento, se sentía pequeño, solo e inseguro. Solo resolvería el problema enfrentándolo y lo haría incluso a un precio alto.

Continúa su cuerpo y mental cuidadosamente concentrado. Vuelva a frotar, enjabonar y echar más agua fría sobre el cuerpo. Después, hace una revisión general y está satisfecho con los resultados. Luego toma el paño, acurrúcate y sal del baño. Al salir, se dirige a su habitación y, de camino, se encuentra con sus padres. Mientras Geraldo se va a la bodega, su madre, Maria da Conceição, preparará el desayuno para su hijo.

Con unos pocos pasos más, el maestro llega a la meta. En el lugar, quítese el paño y use un atuendo adecuado para la ocasión. Luego, póngase un par de zapatos y, alise su cabello. Cuando se sienta listo, vaya a la cocina. Como la casa era pequeña, llega rápidamente. En la habitación, busque una silla junto a la mesa. Acomódese y espere un poco.

En cuestión de segundos, tu madre le sirve algo de comer. Con un cartel, el mismo agradecimiento. Entonces comienza a alimentarse. Mientras hace esto, planifica mentalmente cada paso que va a dar durante el día. Tiene que estar bien, concluye esperanzado.

Cuando termines de comer, regresas a tu habitación. Toma tu mochila, despídete de mamá y finalmente vete. Afuera, toma la carretera principal en dirección oeste (a diferencia de lo habitual porque no había clase), y comienza a avanzar. El destino fue echado.

En el corto camino de menos de un kilómetro, llora, ríe, grita, finalmente es una explosión de sentimientos dispuestos a revelarse. Que se haga la voluntad de Dios.

Cuando llega frente al destino, está estático durante unos segundos como si esperara una señal. Como no sucede nada milagroso, decides seguir adelante. Se acerca a la puerta, la golpea con firmeza y llama a los anfitriones con suavidad.

Momentos después, es atendido por la dueña de la casa, la Sra. Filomena. Ella amablemente te invita a pasar. Él acepta directamente. Cuando tenga acceso a la habitación, pregunte por sus queridos discípulos. Se le informa que Rafael fue a pescar y que Víctor está en la habitación. Perfecto, pensó con sus botones, el ángel misterioso.

Ángel le pide amablemente a Filomena que llame a Víctor. Su solicitud se cumplirá con prontitud. Ella va a la habitación y, momentos después, los dos regresan sonriendo. Los siguientes son los cumplidos de ambas partes. A partir de entonces, Filomena va a la cocina dejándolos solos. Inmediatamente, el visitante aprovecha la señal.

"Necesito hablar contigo, y lo digo en serio. ¿Tienes tiempo para escucharme?

"¿Acerca de?" (Víctor)

"Un poco de todo. ¿Está todo bien? (Ángel)

"Por supuesto. (Víctor)

"Entonces ven conmigo. (Ángel)

Como buen discípulo, Víctor acompañó a su maestro. Desde la habitación se dirigieron a la salida. Han cruzado la puerta. Afuera, se dirigieron hacia el norte, agarrándose al bosque. A pesar de que encontraba todo muy extraño, el discípulo no quiso anticiparse.

Caminaron durante treinta minutos en la misma dirección todo el tiempo. Predomina el silencio solo obstaculizado por los sonidos naturales del bosque. ¿Qué iba a pasar? Vámonos.

En este punto, la visión se detiene en el momento en que el dúo se detiene en el extremo norte del Sitio. Las dos caras a la cara y sus ojos se cruzan rápidamente. Ángel luego toma la iniciativa:

"¿Puedo decirte algo?

"Por supuesto. Cómodo. (Víctor)

"Yo .... Yo.... Tú .... Tú .... ¡Amor! (Ángel)

"¿Cómo es? (Víctor)

"Esto, lo siento. Te amo desde el primer momento en que te vi y no pude soportarlo más asfixiado por este sentimiento. (Ángel)

"¿Estás seguro? (Víctor)

"Sí. Si esto no es amor, no sé qué es. Sabes, descubrí esto cuando empezaste a salir con Penélope. Estaba celoso. Cuando volviste a encontrar a esa chica, tuve una mayor certeza sobre esto. (Ángel)

"Con el debido respeto, ¿no crees? ¿No ves que tengo novia? Somos dos hombres. ¿No ves que eso es imposible? (Víctor)

"Sé todo esto. Sin embargo, no ordeno a mi corazón, y sucedió. No fue mi culpa. Trata de entenderme. Pero no se preocupe por eso. No te molestaré ni te exigiré nada. Lo único que quiero saber es lo que sientes por mí. (Ángel)

"Yo ... no sé cómo decir esto. Tú también me gustas. Sin embargo, quiero dejar claro que nunca asumiría una relación como esta porque no me enfrentaría a una sociedad como la nuestra. Quiero casarme y tener hijos. (Víctor)

"Lo entiendo. Pero como tú también me amas, ¿puedo preguntarte tres cosas sin compromiso? (Ángel)

"Puedes hacerlo. (Aseguró Vítor)

Ángel tomó la mochila, la abrió y de adentro sacó una plántula de un árbol conocido en la región. Con una señal, le pidió a Víctor que se acercara y procedió:

"Primero, quiero que me ayudes a plantar este árbol.

"Está bien. (Víctor)

Ayudados por las manos, los dos cavaron un poco. Cuando el agujero fue suficiente, los dos plantaron la plántula juntos. A partir de entonces, cubrieron el extremo del suelo. Ángel continuó:

"Este es nuestro árbol. Es el símbolo de nuestro amor. Que crezca, se reproduzca y brille. Incluso cuando ella muera, nuestros sentimientos permanecerán.

Eso es maravilloso. Es nuestro secreto. ¿Cuál es la segunda solicitud? (Víctor)

"Quédate conmigo. Por una vez. (Ángel suplicado)

"¿Qué quieres decir? ¿En qué sentido? (Víctor)

"Sexo. (Ángel)

"Podría ser. ¿Cómo haces con otro hombre? ¿No es eso peligroso? (Víctor)

"No es nada. Sencillo. (Ángel)

"¿Dónde? (Víctor)

"Aquí mismo. Este lugar está desierto. Tendremos cuidado. (Ángel)

"Ven entonces. (Víctor)

Los dos se protegieron en la espesura. Cuando se sintieron seguras, se quitaron la ropa y cambiaron de caricias. Con la preparación adecuada, se amaron a su manera. Uno cuidando de no lastimar al otro.

En ese momento, más que placer, sintieron un sentimiento fuerte, increíble y poderoso. Incluso yendo en contra de la moral y las convenciones sociales de la época, era hermoso y verdadero. Después de todo, el sexo es solo un detalle cuando realmente amas.

Al final de la relación, descansaron un poco. Un poco más tarde, se vistieron y regresaron al mismo punto de antes. El jefe reanudó la conversación:

"Mi tercera petición es que nunca te alejes de mí. Permíteme estar cerca todo el tiempo. Voy a protegerte y amarte en secreto.

"Todo está bien. Siempre y cuando nunca me hagas quedar en ridículo. (Víctor)

"Por supuesto. No podría ser de otra manera. (Ángel)

"¿Algo más? (Víctor)

"No. (Ángel)

Entonces creo que será mejor que regresemos, para no despertar sospechas. (Víctor)

Ángel está de acuerdo. Los dos regresan en unos treinta y cinco minutos. Al llegar a la residencia de Víctor, Ángel solo hace agua. Dile adiós a los demás y lárgate. Luego comience el camino de regreso a su dirección.

Sin mayores problemas, sigue el camino en paz y con la conciencia tranquila. ¿Eras feliz? Podríamos decir que sí. Al menos en parte porque había tomado la decisión correcta. Había vivido momentos increíbles al lado de su amor que mantendría para siempre. Así es la vida. Una secuencia de momentos que no podemos desperdiciar. Nos vemos en el próximo capítulo, lectores.

2.40-Una nueva reunión

Hay un poco de tiempo. Estábamos exactamente al principio de la semana, un segundo. Era finales de febrero (1914) y sobre los personajes en cuestión sigue igual: El trabajo continúa, la escuela también y las parejas amorosas son las mismas, aunque tuvimos declaraciones y encuentros grandilocuentes. Este era el momento.

Al comenzar el día, los personajes se preparan para la primera actividad del día: Ir a la escuela. En 30 minutos, están listos y parten hacia su destino. Como era de esperar, los que vivían en el sitio de Fundão se fueron mucho antes.

Sin embargo, llegan igual que los de la ciudad. Cuando se encuentran, se saludan rápidamente. Cuando suena la campana, ingresan a la institución. Cada uno se dirige a su sala de estar y al llegar se acomoda en los respectivos asientos. Esperan un rato y con la llegada del profesor comienzan las clases.

A lo largo de la mañana, entre clases y descanso, se esfuerzan por estudiar las disciplinas de la época y el trabajo resulta fabuloso. Con cada nuevo descubrimiento, los mutantes se volvieron específicamente más conscientes de su papel en una sociedad injusta y prejuiciosa de principios del siglo XX. Continuemos la narrativa.

Al final de las clases, el grupo de vigilantes se reencuentra. El líder del equipo invita a los discípulos a aspirar un puesto junto a un caminante callejero que trabajaba al lado de la escuela. Todo el mundo acepta. Se dirigen inmediatamente allí. A su llegada, le hacen los pedidos al asistente. Poco tiempo después, se sirven. Hacen el pago y se alimentan tranquilamente. Cuando quedan libres, el chamán aprovecha la oportunidad para transmitir un mensaje urgente. Habla suave y discretamente:

"Mañana es el día. ¿Estás listo?

"Sí. ¿Cuál es la misión? (Víctor)

"¿De qué se trata? (Rafael)

"¿Dónde y a qué hora? (Marcela)

"¿Van todos? Penélope

"Listo siempre. (Romão)

"Bueno, respondiendo a todos ellos, nuestra primera actuación será en el pueblo de Cimbres. Como saben, está el corral electoral del Mayor Cléber Pereira. Mañana es el día de la recaudación de la habitación, una especie de impuesto. Nuestro papel es básicamente asustar a los recolectores defendiendo a los ciudadanos. Esto tiene que terminar porque es injusto. ¿Quién está calificado? (El maestro)

"¿Cuántos pueden ir? (Víctor)

"Máximo dos. Deben ir encapuchados y vestidos estrictamente para no despertar sospechas. (Ángel)

"Elígete a ti, maestro. Es más justo. (Rafael sugerido)

"Está bien. Elijo a Marcela y Víctor. ¿Estás de acuerdo? (Ángel)

"Sí. (Ambas cosas)

"¿A qué hora? (Marcela)

"Una fuente confiable me informó que a partir de las 4:00 pm. Una hora antes, usted permanece en vigilancia. Cuando aparezcan los coleccionistas, es hora de actuar. Sea firme, pero no lastime a nadie. (Ángel)

"Comprendido. ¿En cuanto a los demás? (Víctor)

"Se van a quedar en mi casa entrenando un poco más duro. (Ángel)

"¿Qué excusa les damos a nuestros padres? (Penélope)

"Estudio en grupo. ¿Cómo es eso? (Ángel)

"Eso es genial. Es una buena idea. (Romão)

"Bueno eso es todo. Están claros. Te veré más tarde. (Ángel)

"Lo siento. (los demás)

Todos van a sus respectivos hogares. Su estado actual es común: muchos nerviosos e inquietos. Cuando lleguen, realizarán otras actividades durante el resto del día. ¿Qué pasaría? Sigan al día, lectores.

2.41-Inicio de operación

Cuando comienza el día, los personajes comienzan a cumplir con sus obligaciones normales. Se levantan, se estiran, se bañan, visten ropa limpia, preparan y desayunan, se cepillan los dientes y finalmente se despiden. Cuando están listos, parten hacia el destino de la escuela. Cada uno tendría que seguir una ruta única. Lo hacían con alegría, diversión y tranquilidad a diario. Sin mayores dificultades, todos llegan a la hora prevista y cuando suena el timbre tienen acceso a las habitaciones.

Inmediatamente comienzan las clases. Durante el tiempo previsto para las actividades, los alumnos (especialmente los mutantes) se esfuerzan mucho. En general, su desempeño fue satisfactorio. Cada día, se agrega nueva información a su lista de valores. La escuela solo tenía que agregar algo a sus vidas, y era una oportunidad muy rara frente a las dificultades de la época.

Al final, tienen la oportunidad de reencontrarse. El comandante aprovecha para aclarar algunas cuestiones:

"¿Estás listo?

"Sí. (Todos en coro)

"¿Ya le has dicho a tus padres? (Ángel)

"Sí, y le dimos la excusa sugerida. (Penélope)

"Está bien. Entonces sígueme. Excepto Marcela y Víctor que deben partir hacia Cimbres de inmediato. (Ángel)

Los discípulos obedecen al maestro. Juntos, comienzan a hacer el viaje a caballo montado en parejas. Desde el barrio de la pradera donde se encontraban pasarían por el centro, tomarían la carretera principal y ascenderían a la sierra de Ororubá. Desde allí, tendrían acceso a la meseta. Solo se dividirían a la mitad del recorrido, en el desvío a Cimbres.

Durante la despedida, todos se saludan con abrazos y besos. Esta actitud demostró la unidad del grupo que fue realmente espectacular. En la separación, mientras Marcela y Vítor están destinados a Cimbres para la primera misión, los demás avanzan hacia la Plaza de Fundão. Sigamos los primeros.

Los dos avanzan por la carretera deficitaria a gran velocidad y apenas hablan por el camino. Desde que se conocieron, siempre ha existido una barrera entre ellos mucho más allá del respeto. Ahora, el hecho de que estén juntos podría ser una gran oportunidad para unirse y esta fue la voluntad íntima de los dos.

Al completar los quinientos metros recorridos, Vítor no se contuvo iniciando tímidamente un acercamiento.

"¿Va todo bien, Marcela? ¿Está bien el viaje?

"Todo es estupendo. ¿Y usted? (Pagado)

"Muy bien, también. ¿Ha delineado más sus planes para la acción próximamente? (Víctor)

"Más o menos. Supongo que no lo sabré hasta que llegue a tiempo. Después de todo, es mi primera vez en este tipo de cosas. (Explicó Marcela)

"También es mi primera vez. Incluso con miedo, he perfeccionado mucho mis técnicas y me siento confiado. Si necesita cobertura, hágamelo saber. (Víctor)

"Gracias. Pero no creas que porque soy mujer soy un sexo frágil. (Marcela)

"¿Y no lo sé? Tengo una novia que es una bestia. (En risas, Vítor)

"Estoy de acuerdo. Pero además de ser una bestia, también es una persona dulce. Tenga cuidado de no lastimarla. (Marcela)

"Por supuesto. Seré cuidadoso. Tu novio también es buena gente y convincente, por cierto. (Notó Víctor)

"Es cierto. Nos vamos conociendo. Espero que funcione. (Marcela)

"Va a funcionar. Te estoy apoyando. (Víctor)

"Gracias. El mismo deseo para ti y tu amiga Penélope. ¿Está todavía lejos el pueblo de Cimbres? (Marcela).

"En unos quince minutos estaremos aquí. ¿A dónde quieres ir primero? (Víctor)

"Estoy famélico. ¿Hay un pub ahí? (Marcela)

"Hay dos. Yo también tengo hambre. Acepto reponer mi energía. Luego pensamos en los otros pasos. (Víctor)

"Así es como hablas. (Anota Marcela)

La conversación se detiene instantáneamente. Los dos continúan a un trote rápido y en la carretera. Como era de esperar, pronto aparecerán las primeras casas. Poco después, el aspecto del pueblo. Con el conocimiento que tenía, Vítor lleva a su amigo al pub que sirve comida barata y buena. Les encantaba la comida típica de la región.

Al llegar al recinto, se sientan en sillas alrededor de una mesa disponible. Como ya eran las 13:30 horas el movimiento no fue intenso. De inmediato, evalúan el menú y los precios disponibles en un cuaderno. Cuando llegan a un consenso, piden algo de comer y beber.

Mientras esperan, reanudan la amistosa conversación.

"¿Qué pensaste de Cimbres? (Víctor)

"Me gusta eso. Es un pueblo tranquilo a pesar de su gran importancia histórico-cultural para nuestro municipio. Tengo la intención de venir aquí más a menudo a dar un paseo. (Marcela reveló)

"Está bien. También me gusta estar aquí. Vengo de vez en cuando porque tengo familiares que viven aquí. (Víctor)

"Qué lindo. ¿Qué tal si vamos a visitarlos? (Marcela)

"Es una buena idea. No es el mejor momento, pero siempre es bueno volver a ver a la familia. (Víctor)

"Si le da tiempo, quiero dar un paseo por los lugares principales aquí para aliviar la tensión. (Marcela)

"Lo entiendo. Es nuestra primera actuación. Yo también me siento inseguro. Pero dado que aceptamos este papel, lo honraremos como debe ser. (Víctor)

"Soportado. (Marcela)

La emoción se apodera del momento y los dos se abrazan en un gesto de cariño y complicidad. Había dos guerreros que intentarían representar al grupo de justicieros del interior en la lucha contra las demandas de la época de la mejor manera posible. ¿Funcionaría? Sigamos siguiendo la narrativa.

El abrazo se deshace. En unos momentos, finalmente lo que pediste es suficiente. Luego comienzan a alimentarse y se enfocan solo en eso. Durante veinte minutos, reponen sus energías en silencio, solo interrumpidas a veces por ruidos externos. Sin embargo, nada que pudiera entorpecer el momento.

Al final, se levantan, pagan la cuenta y finalmente se van. En el camino, pasan por la puerta y ya se combinan para caminar un poco porque todavía era bastante temprano. Pasando por puntos estratégicos como la Casa Vieja del Senado, las casas históricas y la famosa Iglesia de Nuestra Señora de las Montañas, las dos absorben todo el aspecto imponente del lugar. Sienten que vivieron hace mucho tiempo, en los días de gloria del lugar. Todo este recorrido fue explicado paso a paso por Vítor, quien sirvió de guía a la recién llegada Marcela.

Al final del recorrido, se dirigen a la casa de los familiares de Víctor. Allí vivían sus primos segundos Bartolomé y Angélica. Como todo en Cimbres estaba cerca, en menos de cinco minutos ya se encuentran fuera de su residencia llamando y llamando. La insistencia de los dos hace que ya estén servidos en unos instantes. La alegre y misteriosa Angélica lo hace. Reconocer al joven Víctor lo abraza de inmediato. La emoción se apodera de ambos.

"¿Qué buenos vientos te traen aquí, Víctor? ¿Qué hermosa eres y quién es esta hermosa señorita que te acompaña? (Angélica)

"Gracias, primo. Estábamos de paso y decidimos hacerle una visita. Esta es Marcela, una amiga. ¿Dónde está el primo Bartolomé? (Víctor)

"Está ahí. Placer, Marcela, me llamo Angélica. Pero, ¿qué sigues haciendo aquí? Vamos, entra (Angélica)

Los dos agradecieron y aceptaron la invitación. Como la puerta estaba entreabierta, entraron a la residencia sin mucha ceremonia. Acompañados por la anfitriona, llegaron a la sala de estar. Allí, conocen a Bartolomé. Se produjeron nuevas presentaciones y saludos. Luego, se acomodaron en los respectivos asientos. Inmediatamente, comenzó una alegre conversación entre los cuatro.

"¿Cómo está tu madre? (Angélica)

"En la medida de lo posible también. Espero no decepcionarte. (Víctor)

"Por supuesto. ¿Extrañas tanto a tu padre? (Angélica)

"Muchos. Pero poco a poco nos vamos conformando con la voluntad divina. (Víctor)

"Así debe ser. Yo también sufrí por la muerte de mi padre, pero el tiempo ayuda a curar las heridas. Es cierto que nunca lo olvidé, pero aprendí a no estar lloriqueando todo el tiempo. La muerte es parte de eso. (Bartolomé)

"Sabias palabras, Bartolomé. Aún no he perdido a mis padres, pero creo que haría lo mismo". (Marcela)

"No te extrañes, Marcela. Pídele a Dios suficiente tiempo para aprovechar su sabiduría y presencia, algo que yo no tenía con mi padre." (Aconsejó Víctor)

"¿De qué familia eres realmente, Marcela? (Angélica)

"Mi familia es muy común. Soy dos Silva y Santos, hija de Ademário y Joana. (Marcela)

"Nunca había oído hablar de eso. Pero al verte, me di cuenta de que son buenas personas. (Angélica)

"Gracias, gracias. ¿Eres psíquica? (Marcela)

"Se podría decir que siento cosas. Por eso, debo advertirte que el camino que estás iniciando es muy espinoso y peligroso. Ten mucho cuidado, porque alguien podría salir lastimado. (Angélica)

"¿Qué ves específicamente, primo? (Víctor interesado)

"No puedo hablar. Solo ten mucho cuidado y usa tu libre albedrío correctamente. (Alertó a Angélica).

"Está bien. (Víctor)

"Sean lo que sean los chicos, escucha a Angélica. Tiene una amplia experiencia en estos asuntos. (Bartolomé)

"Entendido. Tendremos cuidado. (Prometeo Marcela)

"¿Quieres comer o beber algo? (Preguntó Angélica).

"No, gracias por tu amabilidad. Tenemos que irnos. ¿No es así, Víctor? (Marcela)

"Lo es. Gracias, primos, por su hospitalidad. Cuando quieran visitarnos, mi casa siempre estará abierta. (Víctor)

"Gracias, gracias. Las ocupaciones son muchas, pero algún día tendremos algo de tiempo". (Notó Bartolomé)

"Dale un saludo a tu mamá, Filomena. Marcela es un gusto conocerte. (Angélica)"

"Gracias, gracias. Te veo luego. (Víctor)

"Gracias también. Fue un placer. (Marcela)

"Lo siento (Angélica y Bartolomé).

Vítor y Marcela se encaminaron hacia la salida. Con unos pasos ya han cruzado la puerta. Afuera, a una distancia prudencial, Víctor tomó del brazo a su compañera de aventuras y le preguntó:

"¿Por qué tanta prisa si todavía nos queda más de una hora para nuestra misión?

"Su prima es muy rara y las cosas que dijo no me agradaron para nada" (explicó Marcela).

"Lo entiendo. Pero no le des una mala impresión. Es una gran persona. (Víctor)

"Está bien. No te preocupes, vuelvo enseguida. ¿Qué tal si vamos a la iglesia por un tiempo? Podemos orar y luego vigilar a nuestros enemigos frente a ella. ¿Qué piensas de eso? Marcela)

"Esa es una buena idea. Aprovecho esta oportunidad para preguntar por mis seres queridos fallecidos. (Víctor)

"¿Nos vamos entonces? (Marcela)

"Sí. (Víctor)

Los dos se dirigieron al destino combinado extremadamente ansioso. Con diez minutos de caminata vigorosa, llegan allí. Suben la pequeña escalera, pasan por la puerta ancha y finalmente entran al santuario. Con humildad, se acercan al altar. En un acto de reverencia, se arrodillan frente al Santísimo y al santo patrón local. Aprovechan para realizar sus peticiones y oraciones en un período total de quince minutos. Al final de este tiempo, usan máscaras, se levantan y conducen la salida. A partir de ahora, el destino estaba echado y a punto de revelarse.

Fuera de la Iglesia, los dos se sientan en las escaleras. Desde este punto, miran a todo el pueblo en busca de los malhechores. ¿Qué pasaría? Sigan prestando atención, lectores.

Después de cuarenta minutos de espera (antes de lo previsto) finalmente aparecen los coleccionistas. La pandilla autoritaria toca las puertas cobrando impuestos y molestando a los residentes a instancias del alcalde local.

Inmediatamente, Víctor y Marcela se enfocan. Cuando se vuelven invisibles, vuelan hacia ellos. Cuando se acercan, se materializan y predican un gran susto a sus rivales. Justo cuando se preparan para otro cargo.

"¡Basta! De lo contrario, se verán. (Víctor amenazado)

"¿Quién eres tú? (Preguntó Orlando, uno de los coleccionistas que eran en total tres)

"Somos buenos dioses. Si no dejas de molestar a los lugareños, vas a tener serios problemas" (argumentó Marcela).

"¿Dioses? ¿Es esto una broma? (Henrique, jefe de los coleccionistas)

"Veamos si los dioses son a prueba de plomo. (Helio, el tercer recolector)

Luego se escucha una secuencia de disparos que dejan a los residentes en fila. ¿Sería el comienzo de una guerra en ese lugar tranquilo?

Afortunadamente, nadie resultó herido. Mientras Marcela leía la mente, le advirtió a Víctor telepáticamente que, usando sus poderes mentales, desviaba los proyectiles para que nadie saliera herido.

Más tarde, Víctor se enfureció. Para dar una lección de insolente, provocó una pequeña tormenta de arena. La nube de polvo envolvió a los adversarios y los hizo gemelos en el aire. Al final, los dejó paralizados a unos 30 pies de altura. Luego tomó la palabra:

"Di una palabra de indignación y te dejaré caer. (Víctor amenazado)

Los adversarios, temblando de miedo, suplicaron por el jefe:

"No, por favor déjenos ir. No tenemos nada que ver con esto. Solo somos los idiotas del Mayor. Él es el responsable.

"Es verdad, Víctor. Siente lástima por ellos. (Preguntó Marcela).

"Está bien. Sin embargo, está la advertencia: Dígale al Mayor que suspenda este cargo o tendrá que vernos". (Víctor)

"Lo prometemos. Vamos a advertirle hoy. Ahora, vámonos. (Henry)

"Está bien. Ve, gusano. (Víctor)

Dicho esto, Víctor los transportó al suelo liberándolos del punto muerto. Los rivales salieron corriendo a buscar los caballos. Los subieron y se fueron. Se dirigían hacia la granja del Mayor en el oeste del pueblo.

Mientras tanto, la pareja de mutantes también se fue. Mientras volaban sobre el pueblo, recibieron una lluvia de aplausos de los lugareños. En este punto, estaban orgullosos del papel que habían desempeñado. ¿Sería el destino convertirse en superhéroes?

Bueno, este tema solo podría aclararse en el futuro. Por ahora, tendrían cuidado en todos los sentidos. Después de todo, era solo el comienzo de la misión y no sabían a qué proporciones llegaría.

Pensando en ello, todavía en el pueblo, bajan y recogen los caballos. Cabalgan y trotan por la carretera principal hacia la salida. Mientras se mantiene a una distancia segura y se asegura de que no haya nadie, quítese las máscaras y continúe caminando en silencio.

Al llegar al desvío, Víctor desciende y se despide de Marcela. Se vuelve invisible y se va a la residencia del maestro. El resto del grupo lo estaba esperando allí. Marcela, por su parte, tendría que volver a casa de inmediato para no despertar sospechas o ser sancionada por padres bastante estrictos.

Nos vemos en el próximo capítulo, lectores.

2.42-Reunión

Víctor finalmente está aquí. Se acerca a la puerta, llama con firmeza y espera un rato. Momentos después, finalmente es atendido por el anfitrión. Juntos, entran a la casa uniéndose al resto del grupo en la habitación. Se acomodan en los asientos disponibles y la conversación comienza en medio de mucha anticipación y nerviosismo de quienes esperan noticias.

"¿Cómo estuvo todo ahí? ¿Tuviste éxito en la misión? (Ángel)

"Sí. Enfrentamos resistencia, pero ganamos y mostramos quién manda. Al final, enviamos un mensaje al Mayor. Ahora, espere. (Víctor)

"Está bien. Sin embargo, es necesario mantenerse enfocado, tener cuidado y ser consciente de que esto es solo un comienzo y que no garantizamos nada. (Ángel alertado)

"¿Y Marcela? ¿Qué pasa contigo? ¿Por qué no viniste? (Preguntó Penélope)

"Tuvo que regresar a casa para evitar una mayor preocupación de sus padres. (Víctor aclarado)

"Eso es genial. ¿Cuál es el siguiente paso, maestro? (Romão estaba interesado)

"Espere la reacción. Es probable que el mayor utilice sus medios para recuperar terreno. Cuando lo haga, estaremos atentos a retroceder. ¡La pelea ha comenzado, señores! (Ángel)

"¡Uno para todos y todos para uno! (Completado Víctor)

"¡Contra la injusticia, la corrupción, los desmembrados y el ciudadano del bien! (Recordado Romão)

"¡Con dignidad, claridad y transparencia, amigos siempre! (Penélope)

"¡Por los justos y los justos! (Explicó Rafael)

"Me encanta. Bueno, por ahora, están claros. Cualquier cosa nueva, me reportaré a la escuela, ¿de acuerdo? (Ángel)

"Sí. (Todo)

Uno a uno se fueron despidiendo y saliendo hacia sus respectivas direcciones. Al final, Ángel está sola hablando con sus botones. ¿Funcionaría realmente tu proyecto? ¿Podrían transformar una realidad tan consolidada? ¿Serían felices al final? Bueno, solo el futuro mostraría una dirección correcta para estos y otros temas. Por ahora, confiaba en el compromiso y la dedicación de todos. Estaba orgulloso de su grupo que fundó junto con sus socios Vítor y Rafael, los famosos hermanos Torres.

2.43-Rebote y reacción

Tras la humillación pública impuesta por los mutantes, los recaudadores de impuestos finalmente llegan a la imponente masía de Cimbres después de quince minutos de vigorosas novatadas. Un poco aburridos, se acercan y tiran contra la puerta. Luego lo golpearon con fuerza gritando para hacerse notar.

En cinco minutos, se abre. Aparece una esbelta joven negra llamada María, la sirvienta de la semilla. Después de los cumplidos, los dirige a una habitación reservada donde el jefe solía recibirlos.

Cuando el sirviente se retira, la puerta se cierra y luego el mayor se enfrenta cara a cara con sus subordinados. En este momento, sus ojos se cruzan y el mayor comienza la conversación.

"¿Cómo estuvo la misión? ¿Todo salió bien?

"No está bien. Fuimos interceptados por dos personas enmascaradas avaladas por grandes poderes que amenazaban con destruirnos si no deteníamos la carga. (Enrique).

"¿Cómo es? ¿Cómo eran estos dos tipos? (Cléber Pereira, mayor)

"Aparentemente, uno era un hombre y el otro era un hombre y el otro era un hombre. Se llamaban a sí mismos dioses del bien. (Helio)

"Esto es un problema. ¿Conoces más detalles? (Cléber Pereira)

"No. Solo que son convincentes y están en contra nuestra. (Informó Orlando)

"Está bien. Pensaré en algo. Por ahora, estás despedido. (Cléber Pereira)

"Está bien. ¿Vamos? (Enrique)

"Sí. (Los otros dos)

Los tres se retiraron de la habitación en la que estaban y dejaron solo al muy pensativo mayor. ¿Qué sería de tu imperio ante la presencia de adversarios tan peligrosos? Continuemos la narrativa.

2.44-La Idea

Después de tres horas de analizar el caso, el mayor finalmente tiene una idea de cómo podría reaccionar. Llama a un mensajero y le da la tarea de advertir a sus cómplices (otras autoridades y una bruja) de una reunión programada con urgencia para finales de esta semana porque probablemente estarían menos ocupados.

Dado el mensaje, el mensajero se fue. Con esto, una esperanza reaviva en el corazón de Cléber. Debería haber alguna solución para frenar el desempeño de sus imponentes y seguir practicando desórdenes, injusticias, manteniendo sus privilegios en ese sistema que había sido tan adecuado para sus intereses.

Ahora todo lo que quedaba era esperar el día de la reunión que sería domingo.

2.45-El día

Faltan exactamente cinco días. Según el pedido del Mayor de Cimbres (Cléber Pereira), aparecen temprano a su finca sus principales compañeros: señor Soares (coronel de Carabais), Mayor Quintino, de Mimoso y la bruja Esmeralda, también de Carabais.

Como de costumbre, María recibe a los visitantes y los acompaña a la espaciosa sala de la finca donde Cléber ya los espera. Al llegar al recinto, todos se saludan y se acomodan en taburetes de madera dispuestos en círculos. Quedándose en el centro, el anfitrión toma la iniciativa:

Queridos muchos, me alegro de que hayan venido. La razón por la que estás aquí es extremadamente urgente. Es la intromisión en nuestros planes de dos intrusos. Quiero una opinión tuya: ¿Cómo detener a estos seres? (Cléber)

"Sí, he oído hablar de eso. ¿Intentaste matarlos? (Sr. Soares)

"Mis subordinados lo hacen. Pero no funcionó. (Cléber)

¿Qué quieren ellos? (Mayor Quintino)

"No estoy seguro. Esta vez, intentaron detener la recaudación de impuestos. (Cléber)

"Entonces es un problema serio de mi querida. Necesitamos este dinero para cubrir nuestros viles gastos. ¿Alguna sugerencia? (Mayor Quintino)

"No lo tengo. Si las balas no pueden alcanzarlos, ¿qué puedes hacer? (Sr. Soares)

"¿Qué ves, bruja? (Cléber)

"Hay muchos de ellos. Tienen dones especiales y están decididos. Quieren destruir la red de favores. Tiene una gran posibilidad de éxito a menos que .... (Esmeralda)

"Continuar. Estamos muy interesados en esto. (Mayor Quintino)

"Podemos intentar luchar contra ellos usando la fuerza de la magia negra. Sin embargo, necesitamos seis voluntarios que comprometan su alma. (Revelada Esmeralda)

"Eso no es un problema. Yo te lo traigo. (Cléber garantizado)

"¿Esto realmente da resultados? (Sr. Soares)

"Depende. Empezaremos la gran pelea y que gane el mejor. (Esmeralda)

"Eso es todo, eso es todo. Entonces es así. Cléber atrapa gente y nosotros reaccionamos. Por curiosidad, ¿cómo se hará esto? (Mayor Quintino)

"Realizaremos un ritual a las 24:00 horas dentro de un cementerio. Tiene que ser una noche de luna llena como mañana. Consigue gente y yo me ocuparé del resto. (Esmeralda)

"Hecho. Si quieres, puedes quedarte como mi invitada, Esmeralda. Convenceré a los elegidos y pondré en práctica nuestro plan. (Cléber)

"Acepto. (Esmeralda)

"Bueno, ya que todo está decidido, me voy. Tengo mi corral que cuidar. Estoy esperando noticias. (Mayor Quintino)

"Yo también. (Sr. Soares).

Los dos se fueron dejando a Cléber y Esmeralda para que se encarguen de los detalles. ¿Funcionaría? Sigan al día, lectores.

2.46-El ritual

El mismo día, el mayor Cléber Pereira, a través de un mensajero, convocó a seis subordinados. Entre ellos, los recaudadores de impuestos ya mencionados y los tres obreros restantes que fueron fieles a su causa dos de los cuales eran mujeres. Cuando llegaron, se reunió con ellos como siempre en la habitación reservada. Explicó la situación y si aceptaban luchar por él en esta gran guerra que había comenzado, tendrían muchos privilegios, ventajas y consideraciones de su parte.

Considerando la buena oferta, aceptaron. En secuencia, el Mayor los invitó a la ceremonia de consagración a la causa que se realizará en el cementerio local. Aunque pensaban que el lugar era extraño, estuvieron de acuerdo. Lo que no sabían era que el precio que iban a pagar era demasiado alto y de ninguna manera valía la pena.

Pasó un día y nació otro. Desde temprana edad, los personajes involucrados se dedican a sus actividades rutinarias sin que ningún hecho denote anormalidad. Luego pasó la mañana. Al mediodía almorzaron. A partir de entonces, otras actividades comienzan por la tarde. Por la noche cenan con el paso del tiempo muy rápido. El tiempo ha llegado. Finalmente, el grupo de mutantes malvados se reúne en la finca Cimbres. Este, propiedad del Mayor Cléber Pereira.

Cuando se acerca el horario y todos están listos, el grupo finalmente se va. Está compuesto por las siguientes personas: Henrique, Hélio y Orlando (coleccionistas), Patricia, Clementina y Romeo (Obreros), Esmeralda y Cléber (jefes y compañeros).

El camino se recorre lentamente porque ya era bastante tarde y la única iluminación disponible era la de una lámpara, que llevaba Esmeralda. Aun así, la animación fue genial de aquellos que pensaban que se volverían poderosos e inalcanzables. Una y otra vez pidieron explicaciones al Maestra Esmeralda. Se esforzaba por no dejar nada claro. Al darse cuenta de su actitud, deciden solo esperar. ¡Qué angustiosa espera!

En veinte minutos completan la ruta. Se cuelan en el cementerio y se trasladan al centro siguiendo la guía del maestro. Al llegar al punto correcto, Esmeralda los dispone en Círculo. Con un palo traza los límites que no se pueden traspasar. Luego vierte un extraño líquido sobre ellos, levanta su collar y su libro mágico y comienza a recitar ininteligibles oraciones negras. Desde el exterior, el mayor solo observa.

Con cinco minutos de concentración, el círculo se prende fuego. Inmediatamente, nadie puede acercarse ni adelantarse. La bruja grita y el símbolo de Satanás aparece ante todos. El símbolo se mueve entre ellos y alcanza los cuerpos de todos los mutantes. Al finalizar el ciclo, los extintores y la hechicera se desmayan. Los ahora mutantes del mal resurgen. Cada uno recibe un poder.

Henry se convierte en un demonio con dos hermosas alas; El helio recibe poder sobre el fuego; Orlando domina el material terrenal; Patricia es maestra en tele transportación; Clementina recibe poderes sobre el clima y Romeo está dotado de una fuerza espectacular. Todos están satisfechos y aprovechan para probar el límite de sus poderes.

En el instante posterior, Esmeralda se despierta. Uniéndose al Mayor, felicite a todos. Pase alguna guía a los discípulos. Ya que era demasiado tarde, despidan a todos. Luego regresan a sus hogares. Al día siguiente, la bruja regresaría a Carabais para ayudar al Sr. Soares. ¿Qué sigue? ¿Qué pasaría? Una guerra emocionante y sin precedentes se libraría entre los dos grupos rivales en una era dominada por las élites, la corrupción, el autoritarismo y llena de injusticias. Sigamos atentamente los hechos.

2.47-La segunda ronda

Con el éxito del proyecto al cementerio y la consecuente formación del grupo de malvados mutantes, el siguiente objetivo fue el entrenamiento adecuado para estar preparados para el enfrentamiento con el grupo de justicieros.

Por decisión unánime, cada uno sería responsable de su desarrollo. Cuando estuvieran preparados, responderían a la humillación que sufrieron. Y así lo hicieron. Día tras día realizaban actividades relacionadas con el trabajo y la formación. Después de tres meses, alcanzaron su objetivo.

Inmediatamente después del hecho, concertaron una reunión con el jefe del grupo, Mayor Quintino. Se llevaría a cabo a las 14:00 horas de ese mismo día en la finca Cimbres.

En el lugar y el tiempo combinados, los miembros de los mutantes malvados asistieron y fueron bien recibidos. Fueron remitidos a la sala de juntas como de costumbre. Cuando llegaron allí, se pusieron en contacto con Cléber. Planearon los próximos pasos y discutieron varios temas en casi una hora de audiencia. Decidieron dar una respuesta rápida, que incluía la declaración de impuestos. Me pregunto si podrían hacerlo.

A propósito, se difundió la noticia de que la recaudación del impuesto al dormitorio volvería poniendo a los vigilantes en aviso. Entonces, decidieron hacer una investigación rápida que reveló algunos detalles importantes como la hora, la ubicación y los participantes.

Ángel junto con los demás de su grupo decidió actuar de nuevo enviando a tres de sus representantes. Esta vez, además de Marcela y Vítor, también participaría Romão. Era el trío de hierro perfecto para enfrentarse a oponentes.

Vestidos estrictamente y con máscaras, los dos grupos rivales se reunieron en el mismo lugar la otra vez en el pueblo de Cimbres. Esta vez, los coleccionistas usaron su fuerza para avivar el dinero de los residentes.

Los mutantes del bien se acercan a los oponentes, y antes de usar la fuerza, preguntan a los malhechores:

"¿No les advertimos que no se deberían cobrar más impuestos? (Víctor)

"Contactamos con nuestro jefe y no aceptó sus condiciones. (Explicó Henry)

"¿Qué tienes en mente? ¿No has visto nuestra fuerza? (Marcela)

"Sí. Los admiramos. Sin embargo, creo que ahora será diferente. (Helio)

"¿Por qué es eso? ¿Qué estás escondiendo? (Romão)

"Nos volvemos como tú, y si intentas detenernos, tendrás una respuesta. (Advirtió Orlando)

"No importa. Seguimos siendo los buenos. ¡Vigilantes, lucha! (Víctor)

Después de esta declaración, los mutantes del mal se revelan. Vuelan y cada uno elige a su oponente en un choque de dos vías. Se forman las siguientes parejas: Marcela contra Enrique; Romão contra Helio y Víctor contra Orlando.

El choque entre las parejas finalmente comienza. La situación es la siguiente: la disputa está equilibrada. Entre Marcela y Henry, la ventaja del primero es conocer de antemano todas sus acciones con la ayuda del don de la telepatía. La ventaja del segundo es que tiene mayor fuerza y agilidad porque es hombre y demonio a la vez. Entre Romão y Helio, aunque eso está mucho más desarrollado que este tiene que estar siempre preparado porque el otro posee el poder del fuego, un arma letal. Entre Vítor y Orlando, el primero es más inteligente y el segundo más cauteloso y rápido.

Debido a que tenían características tan distintas, todos lucharon por ganar, pero al final de los treinta minutos continuaron como al principio: empatados. Agotados, bajan a la tierra y deciden poner fin al asunto.

Luego regresan a sus respectivos hogares con la situación aún sin definir. Solo tenían una certeza: necesitaban entrenar más duro para que alguien prevaleciera. Sigan al día, lectores.

2.48-El nacimiento de otro hijo

El tiempo avanza un poco más. La situación se presentaba de la siguiente manera: los grupos rivales seguían enfrentándose y si lograban Victorias y derrotas de ambos bandos porque sus fuerzas se sumaban entre sí; las parejas amorosas tuvieron pocas oportunidades de coexistir pero se mantuvieron firmes en sus propósitos; Relaciona trabajo y estudio, los personajes en cuestión se destacaban cada vez más y estaban logrando el objetivo principal de sobrevivir en una región pobre, con suelo frágil y sequías constantes, sin oportunidades, olvidada por las autoridades y llena de desigualdades e injusticias. Específicamente, los miembros de la familia Torres, la muerte del patriarca ya estaba superada. Siguieron adelante, aunque no lo olvidaron por completo.

Ahora, la visión se lleva a cabo en el mismo momento del inicio de los dolores de Filomena, presagiando la llegada de otro miembro de la familia. Afortunadamente, los niños están en casa e inmediatamente van a buscar una partera. Veinte minutos después, vuelven con ella y la ayudan con lo que sea necesario.

Cuando llega el momento del parto, Víctor y Rafael se van dejando a las mujeres solas. Se dirigen a la habitación y esperan noticias. Aproximadamente una hora después, escuchan a un bebé llorar y están seguros de que todo salió bien.

Luego deciden ir a la habitación. Al llegar allí, son testigos de una escena maravillosa: Filomena dando la primera vez para amamantar al bebé recién nacido. Era una chica morena clara, de peso normal y rostros sonrosados.

Los dos se acercan a mirar al bebé de cerca. Acariciarte y entablar una conversación rápida:

"¿Cómo se llamará? (Pregunta de Víctor)

"Todavía voy a pensar. (Filomena)

"¿Qué tal poner su nombre Clotilde? (Rafael)

"No, no me gusta ese nombre. (Filomena)

"¿Puedo hacer una sugerencia? (Grace, la comadrona, se ha entrometido)

"Por supuesto, ya eres familia. (Filomena)

"Creo que el nombre de Clara es hermoso, y creo que encajaría perfectamente con su hija. (Gracia)

"¿Clara? Apreciado. (Filomena)

"El nombre Clara es hermoso. (Rafael)

Podría ser. (Víctor)

"Entonces, si todo el mundo está de acuerdo, sigue siendo así. Su nombre será Clara. (Filomena decidió)

Una vez decidido el nombre, todos se toman el tiempo para mimar a los nuevos integrantes de Torres. Con un poco más de tiempo, Grace se despide. Rafael sigue cuidando a su madre y Víctor se va a trabajar.

Posteriormente, todos se reunirían y celebrarían con más tranquilidad este gran regalo del cielo que fue el nacimiento de un niño. Continuemos la narrativa.

2.49-El período de dos años y medio

La rueda del tiempo sigue girando. Acortando un poco la narrativa, describiré algunos hechos que sucedieron en la vida de los personajes principales dos años y medio después del nacimiento de Clara: En relación con las actividades escolares, los vigilantes pasaron por todas las etapas de evaluación, algunas más fácilmente y otras menos. Pero todos eran ganadores y se acercaba el final del ciclo junior excepto Romão que había ingresado un año después; en cuanto a la batalla de los dos grupos de mutantes, el grupo de justicieros logró algunos avances a un gran costo, pero aún estaban lejos del objetivo principal; las parejas amorosas se quedaron, y la novedad fue el horario de doble compromiso entre

Marcela y Romão y Víctor y Penélope; El nuevo personaje Clara creció en salud y cada día encantaba a más personas a su alrededor. De todos modos, todo estaba sucediendo como se esperaba.

El cronograma seguiría avanzando y sin duda traería más novedades. Ustedes que han estado conmigo desde el comienzo del libro, sigamos juntos en esta co-visión y prometamos que descubriremos noticias fantásticas. Sigamos adelante, sí.

2.50-Compromiso

En el día, hora y lugar combinados (City Club) asistieron los novios y sus respectivas familias. Además de estos, amigos, familiares y conocidos invitados previamente. A pesar de todas las dificultades de la época, gracias a todos los involucrados se preparó un banquete y acompañamiento de un pequeño grupo de forró.

En medio de las festividades, los novios intercambiaron alianzas y se comprometieron con el respeto, el amor, la amistad y la complicidad. Si todo salía bien, pronto nos casaríamos. A partir de entonces, las celebraciones continuaron junto con las demás.

Entre las actividades realizadas por los presentes, destacó el baile, las conversaciones, el coqueteo, así como la comida y la bebida. Cada uno aprovechó al máximo la ocasión y prometió alargarse.

Tres horas después del inicio, la banda cerró la obra. Entonces, cada uno se fue a despedir. Al final, los novios también se fueron. El otro día, continuarían con sus actividades normales como de costumbre. Sigamos un poco.

2.51-El último intento

El día después del hecho anterior, al enterarse de que Vítor se había comprometido públicamente con Penélope, Sara miró de cerca la situación: los pros y los contras. Finalmente, decidió que estaría bien intentar un nuevo enfoque.

Para ello, después de un día normal de escuela, lo siguió en secreto durante mucho tiempo. A la primera oportunidad cuando la novia no estaba cerca, se acercó más y la llamó por su nombre. Víctor se dio la vuelta y lo encontró. Siendo tan amable como era, permitió el contacto.

Los dos se saludaron y Sara tomó la iniciativa del diálogo:

"Necesito hablar urgentemente contigo. ¿Tienes tiempo para escucharme?

"¿De qué se trata todo esto? (Víctor)

"Se trata de nosotros dos. ¿Está todo bien? (Sara)

"Está bien. Puedes ir, luego reunirte contigo (Refiriéndose a Rafael y Ángel que lo acompañaban) (Vítor)

"¿Estamos yendo? (Víctor)

"Sí. (Sara)

Caminando uno al lado del otro y con cuidado para no ser reconocidos, la pareja se dirigió a un pub cercano. Había una sensación de nostalgia, nerviosismo y expectación flotando en el aire. Llegaron al lugar en una vigorosa caminata de diez minutos. Al entrar al recinto, buscan un lugar vacío. Cuando los encuentran, descansan sus cuerpos en los asientos disponibles.

Se miran el uno al otro por un momento. Aprovechan para evaluar el menú puesto en la mesa. Comúnmente, piden algo para comer y beber. En el momento en que están completamente solos, el diálogo se reanuda.

"¡Sí! ¿De qué querías hablar, Sara?

"De mi amor. Sabes, Víctor, no quería que nuestros sentimientos fueran en vano. Ojalá tuviéramos la oportunidad de conocernos mejor ahora como adultos. No quería estar solo recordando momentos tan hermosos. (Sara se declaró)

"Es una verdadera lástima. Pero quería dejar claro que el momento es otro. Absolutamente nada cambiará mi decisión. Debes entender que estoy en otro. Además, soy fiel. Aunque eres especial, solo la quiero como amiga. (Explicó Vítor)

"¿Cómo puedes ser tan insensible? No fue culpa nuestra lo que pasó. ¿Se siente como besar, abrazar y hablar un poco más cuando estás cerca? (Sara).

"No importa. No somos solo dos, somos tres. Penélope es una persona demasiado buena para que yo la lastime. Será mejor que te olvides de esto de una vez. Luego busque a alguien sin obstáculos. Entre nosotros, como dije, solo amistad. (Víctor)

"Si así es como lo quieres con mucho dolor, prometo respetarlo. Sin embargo, si algo cambia como que te separas de tu prometida, ven a mí. Te estaré esperando. (Sara)

"Está bien. Pero no puedo prometer nada.

En ese momento llega el sirviente con la comida y bebida solicitada. Como buenos amigos, Sara y Vítor se acompañan. Veinte minutos después, cuando terminaron de alimentarse, finalmente se despidieron para emprender el camino de regreso a sus respectivos hogares. Nos vemos en el próximo capítulo, lectores.

2.52-Boda

El encuentro con Sara, incluso sin quererlo, había fortalecido internamente los sentimientos de Víctor, quien tomó una decisión drástica y definitiva de no flaquear: viajó al lugar, concretamente a la casa de la novia. Al contactar a los padres de Penélope, ella le pidió en matrimonio que hiciera una cita de inmediato.

El resultado de su intento, a pesar de que los suegros sospechaban del repentino apuro, fueron positivos porque ya tenían suficiente información sobre su carácter. Entonces, la boda estaba programada para una semana después.

El tiempo pasó volando y la semana pasó desapercibida. A la hora y lugar previstos (residencia de Víctor), solo asistieron los familiares de los novios y el juez de paz invitado a presidir la celebración.

Todo salió bien y se celebró de la mejor manera posible. Según lo acordado, Penélope residiría en Lugar de Fundão hasta que tomaran una decisión final. ¿Serían felices ellos? Sigamos atentamente.

2.53-Cambio

Pasó algo más de tiempo y se acabó el año escolar. Los miembros de la primera clase completaron el gimnasio. Una semana después de completar este trabajo se celebró una reunión con los vigilantes. Al final, Ángel tuvo una conversación privada con Víctor. En él, el responsable del grupo hizo una propuesta para el mismo: Gracias a sus padres, quería abrir una bodega en el pueblo de Carabais y no veía a una persona mejor capacitada que él para poner el negocio al frente. Además, sería una gran oportunidad para centralizar un poco más las acciones del grupo. Sorprendido, Víctor pidió algo de tiempo para pensar.

Tres días después, tras consultar con su esposa y su familia, decidió aceptar la propuesta. Fue muy interesante desde el punto de vista financiero y relata el tema de la experiencia. También se sintió obligado a ser un justiciero. Comunicó su decisión al maestro, quien solicitó su traslado inmediato al pomposo Pueblo de Carabais.

Inmediatamente, gracias a su familia, Víctor empacó sus cosas. Con todo listo, se hizo cargo del alquiler del coche y se ocupó del resto de detalles. Como ya era tarde, esperaría el amanecer del otro día para iniciar el largo viaje.

Surgió el otro día. Temprano, con la llegada del carruaje, Vítor y su nueva esposa Penélope se despidieron de los demás. Se dirigieron hacia la salida y alcanzaron la puerta poco después. Ya fuera, abordaron el vehículo junto con su chatarra. Partió el conductor que se llamaba Felipe Fonseca.

Así, comienza una ruta de aproximadamente treinta kilómetros entre la Plaza de Fundão y el pueblo de Carabais envuelto en un aire de misterio y expectación para los involucrados. ¿Qué pasaría? Continuemos la narrativa.

Los primeros metros recorridos dan un adelanto de lo que tendrían que afrontar los ocupantes del carruaje en este viaje: un calor intenso, polvo, además del normal cansancio y miedo. Sin embargo, no se quejaron. Al contrario, consideraron este cambio de lugar y de vida un regalo de Dios. Iban a agarrarle con uñas y dientes. Además, tendrían la oportunidad de vivir con más intimidad, es decir, una verdadera vida para dos (según lo acordado se quedarían en la casa anexa al negocio).

Avanzando por la carretera entre el campo salvaje, los ocupantes del coche buscan distraerse de la mejor manera posible: conversan, pican, se hidratan y salen. Esto hace que el tiempo pase más rápido. Antes de que se imaginen, ya superan la mitad del recorrido después de aproximadamente dos horas. Sin embargo, no se dan cuenta, por tanto, que encerrados han perdido un poco la noción de tiempo y espacio.

Todavía están avanzando. No ocurre nada inusual a mitad de la ruta restante. Solo aumentaron el nerviosismo, la ansiedad y la inquietud. ¿Sería eso una señal? Bueno, solo lo sabrían a medida que se desarrollaran los eventos, y esto requiere precaución, paciencia y sabiduría.

En los 7,5 kilómetros restantes (siete kilómetros), encuentran otro carruaje que se mueve en la dirección opuesta. Hacen una parada rápida donde saludan e intercambian información con los integrantes de la misma. Entonces se reanuda el viaje. Más adelante pasan junto a desconocidos a caballo y tienen que sacar una piedra gigante que les impide el paso. En esta operación, pierden quince minutos. Retire la piedra, reanude la caminata. Cuarenta minutos después, finalmente ven el pueblo. El destino desconocido comenzaría a revelarse.

Con unos cientos de metros más recorridos, finalmente el carruaje tiene acceso a la primera calle de Carabais. Según las direcciones de las ubicaciones, se dirigen hacia el lado izquierdo. Se han superado las veinte casas; llegan al establecimiento deseado. El coche para todos los desembarques de arena lo recibe el dueño del negocio (Ángel, que había llegado un día antes y también viviría en el pueblo, en una casa vecina).

Dicen hola. El jefe hace hincapié en mostrar cada rincón de su propiedad adquirida (con la ayuda de los padres, también de los comerciantes). Al final, ayuda en la instalación de los efectos personales de la pareja.

Con esta parte terminada, los hombres sostienen una reunión para resolver los detalles del trato porque se abriría el otro día. Con mucho debate, llegan a un consenso. Luego de esta etapa, almorzarán porque mientras luchaban Penélope había preparado comida especial.

Durante treinta minutos envueltos en tranquilidad, tienen la oportunidad de relajarse, conocerse mejor y, en consecuencia, estrechar los lazos. Después del almuerzo, se ocuparán de otras tareas al final del día. Por la noche, la pareja estaría sola disfrutando de este momento tan especial. Cuando se cansan, se van a dormir, y generalmente es temprano. Vámonos.

2.54-Inauguración

Amanece. Aún temprano, los responsables del proyecto se despiertan, se levantan y preparan todo al detalle para evitar sorpresas indeseables. Aproximadamente a las 08:00 AM estaban listos para comenzar la ardua tarea de administrar un negocio sin mucha experiencia. Pero lo que importaba era que estaban dispuestos a luchar por él.

Cuando abren sus puertas se encuentran con un buen número de personas, fruto del trabajo realizado por Ángel en el pueblo una semana antes. Alegres y con una sonrisa en el rostro, los dos socios dan la bienvenida a los visitantes. En ese momento, presentar las premisas del lugar, productos y precios en cuenta a los clientes cautivados. Esta estrategia parece funcionar porque el movimiento es intenso durante toda la mañana.

Cuando cierran para almorzar, hacen una rápida valoración de sus esfuerzos y el resultado es positivo. Acuerdan de común acuerdo continuar con la difusión masiva no solo en el pueblo sino también en los sitios y pueblos vecinos porque como dice el refrán "La publicidad es el alma del negocio".

Un momento después, van a almorzar. Este es un momento placentero de intensa unión familiar que dura unos treinta minutos. Después, descansa un poco. Por la tarde, vuelven a abrir la bodega. Como por la mañana, el movimiento es bueno y se elogia el talento de los vendedores. Gran parte de las acciones se venden al final del día.

Exactamente a las 18:00 horas el trabajo está cerrado. Incluso sin hacer balance, Ángel y Víctor son muy optimistas. De hecho, había sido una idea genial abrir una empresa en el próspero pueblo de Carabais a pesar de la gran competencia.

Finalmente, por primera vez en su vida, Vítor pudo tener una mejor calidad de vida luego de años de intenso trabajo en la precaria agricultura. Todo esto gracias a la confianza de la familia Magellan. Específicamente, en la persona de Ángel. Aunque lo amaba, no mezclaba negocios con sentimientos.

Fue el comienzo de una nueva era para todos.

Final

www.ingramcontent.com/pod-product-compliance
Lightning Source LLC
Chambersburg PA
CBHW072158060526
44654CB00046B/1345